Erhöre mein Flehen

© Jerry Bauer

SUSANNA TAMARO wurde 1957 in Triest geboren und ist die Großnichte von Italo Svevo. Seit ihrem Weltbestseller »Geh, wohin dein Herz dich trägt« gehört sie zu den bekanntesten Gegenwartsautoren Italiens. Ihre Bücher wurden in zahlreiche Sprachen übersetzt.

SUSANNA TAMARO

Erhöre mein Flehen

ROMAN

Aus dem Italienischen
von Maja Pflug

Weltbild

Die italienische Originalausgabe erschien 2006 unter
dem Titel *Ascolta la mia voce* bei Rizzoli, Mailand.

Besuchen Sie uns im Internet:
www.weltbild.de

Genehmigte Lizenzausgabe für Verlagsgruppe Weltbild GmbH,
Steinerne Furt, 86167 Augsburg

Übersetzung: Maja Pflug
Umschlaggestaltung: Atelier Seidel, Teising
Umschlagmotiv: Getty Images, München
Gesamtherstellung: Freiburger Graphische Betriebe
GmbH & Co. KG, Freiburg
Printed in the EU

ISBN 978-3-8289-9347-1

2011 2010 2009 2008
Die letzte Jahreszahl gibt die aktuelle Lizenzausgabe an.

Für Daisy Nathan
für ihre Fragen durch ein Jahrhundert

So bekehret euch nun zu mir;
so will ich mich zu euch kehren

Maleachi 3,7

Präludium

I

Das erste Zeichen war vielleicht das Fällen des Baumes.

Du hattest mir nichts davon gesagt, diese Dinge gingen Kinder nichts an, und so fraß sich die Säge an einem Wintermorgen in die silbrig schimmernde Rinde, während ich in der Schule völlig teilnahmslos von den Vorzügen des kleinsten gemeinsamen Nenners hörte; während ich auf dem Weg zur Pause den Flur entlangschlurfte, rieselte das Leben des Baums in winzigen Spänen den Ameisen auf den Kopf wie Schnee.

Das Ausmaß der Verwüstung traf mich, als ich von der Schule nach Hause kam. Auf dem Rasen klaffte dort, wo der Nussbaum gestanden hatte, ein schwarzer Schlund, der schon in drei Teile zersägte und von seinen Ästen befreite Stamm lag daneben, und ein Mann mit blaurotem Gesicht gab sich inmitten schmutziger Dieselabgase alle Mühe, die Wurzeln auszureißen, indem er mit den großen Zähnen eines Baggers daran zerrte; die Maschine knurrte und fauchte zwischen den Flüchen des Arbeiters, rollte rückwärts, stockte: Die verdammten Wurzeln wollten die Erde nicht loslassen, sie klammerten sich hartnäckig fest, tiefer als vorhergesehen.

Mein Baum – der Baum, mit dem ich aufgewachsen war und der mich, davon war ich überzeugt, bis ins Alter begleiten sollte, der Baum, unter dem ich meine Kinder aufziehen wollte – war gefällt worden. Sein Sturz hatte sehr vieles mitgerissen: meinen Schlaf, meine Fröhlichkeit, meine scheinbare Unbekümmertheit. Das Krachen seines Aufpralls, eine Explosion; ein Vorher, ein Nachher; ein verändertes Licht, eine Dunkelheit unterschiedlicher Ausprägung. Dunkelheit des Tages, Dunkelheit der Nacht, Dunkelheit mitten im Sommer. Und aus der Dunkelheit entsteht eine Gewissheit: Schmerz ist der Sumpf, durch den ich waten muss.

Nach dem Tod des großen Nussbaums habe ich tagelang geweint. Zuerst hast du versucht, mich zu trösten, wie konnte das Fällen eines Baums eine solche Erschütterung in mir hervorrufen? Auch du liebtest ja die Bäume, nie hättest du so etwas getan, um mich zu ärgern; du hattest es beschlossen, weil der Baum Probleme machte, er stand zu nah am Haus und auch an der Zeder; Bäume brauchen Platz, hast du immer wieder gesagt, und eines Tages, wer weiß, wäre womöglich eine Wurzel aus dem Abfluss der Badewanne gekrochen wie der Fangarm eines Tintenfischs, ich wollte doch nicht, dass etwas so Schreckliches passierte? Du hast versucht, mich zum Lachen oder wenigstens zum Lächeln zu bringen, ohne jeden Erfolg.

Jemandem Vorwürfe zu machen lag mir noch nie. Am Abstand zwischen den Planeten ist niemand schuld außer den Gravitationsgesetzen, der Horizont erscheint uns immer unterschiedlich, das wusstest du so gut wie ich, du hast mir doch immer den *Kleinen Prinzen* vorgelesen: Jeder Asteroid hat seine eigenen Bewohner. Es erstaunte mich nur ein bisschen, dass du nicht an den Affenbrotbaum dachtest: Der Nussbaum war genau wie der Affenbrotbaum. Die Rose, die du mir hinterher gekauft hast, konnte ihn in keiner Weise ersetzen.

Eine Rose ist ein Blickfang, beeindruckt durch ihren Duft, doch dann wird sie abgeschnitten, landet in der Vase und zuletzt auf dem Müll. Der geliebte Baum dagegen schlägt Wurzeln um unser Herz, die, wenn er stirbt, vertrocknen, abfallen und zur Erinnerung winzige, aber unauslöschliche Narben hinterlassen.

In meiner Kindheit hast du dich abends oft an mein Bett gesetzt und mir Geschichten erzählt; von dem ganzen Reigen aus Prinzessinnen, Zaubersprüchen, Ungeheuern und wunderlichen Begebenheiten blieben mir nur zwei Bilder im Sinn: die gelben Augen der Wölfe und die dumpfen, plumpen Schritte des Golem; die Wölfe lauerten im Wald und an einsamen Wegen, während der Golem überall herumlief, er konnte Türen öffnen und schließen und Treppen hinaufgehen; er fraß keine kleinen Kinder und verwandelte sie auch nicht in Ungeheuer, dennoch schreckte er mich mehr als jedes andere Wesen, eisige Kälte schnürte mir die Luft ab, sobald ich nur an seinen Namen dachte.

Von solchen drohenden Schatten bedrängt, hatte ich mich entschlossen, aufzustehen *und dahin zu gehen, wo früher der Baum stand.*

Es war eine Nacht im Frühherbst, nicht kalt, aber feucht, und in der Luft hing ein aromatischer Duft, der einen Hauch von Sommer verströmte; vielleicht rochen die Äpfel so gut, die teils noch am Baum hingen, teils schon am Boden faulten, oder vielleicht die kleinen Pflaumen mit gelbem Fruchtfleisch, die gerade reif waren. Es hatte noch keinen Frost gegeben, deshalb waren erst wenige Blätter heruntergefallen, ich ging über eine grüne Wiese, hier und da blühten wilde Alpenveilchen und vereinzelt ein junger Löwenzahn, der dir beim Jäten entgangen war.

Der Nussbaum – der erst da war und dann nicht mehr – war doch mein Spiegel, der erste Spiegel meines Lebens. Im kalten Mondschein auf der verletzten Erde kniend, über den Abgrund gebeugt, eine Nuss in der Hand und das Herz scheinbar leer, begriff ich auf einmal, dass ich in meinem Leben weder Paläste errichten noch Reichtümer anhäufen noch eine Familie gründen würde. Als ein Zedernzapfen krachend neben mir auf den Boden prallte, sah ich deutlich, dass mein Weg der steinige, stets einsame Weg des Fragens sein würde.

2

Wenn ich in der Erinnerung zu dem Haus zurückkehre, sehe ich es im Licht der Morgendämmerung schweben. Es ist noch Herbst, denn in der lauen Wärme der ersten Sonnenstrahlen beginnt der Boden zu dampfen, und Nebel steigt auf. Ich sehe es immer von oben und von Weitem, wie ein fliegender Vogel; ich nähere mich langsam und betrachte die Fenster – wie viele offen stehen, wie viele geschlossen sind –, ich prüfe den Zustand des Gartens, die Wäscheleine, den Rost am Gartentor; ich habe es nicht eilig, herunterzukommen, als wollte ich mich zuvor versichern, dass dies tatsächlich mein Haus ist und dass diese Geschichte meine Geschichte ist.

Zugvögel verhalten sich anscheinend genauso, sie fliegen Tausende von Kilometern, ohne sich je ablenken zu lassen, und wenn sie dann die Gegend erreichen, in der sie im Jahr vorher aus dem Ei geschlüpft sind, fangen sie an zu inspizieren: Ist die weiß blühende Rosskastanie noch da? Und das grüne Auto? Und die sympathische Frau, die immer auf dem Rasen die Krümel von der Tischdecke schüttelte? Sie beobachten alles ganz genau, denn die Frau und das Auto sind ihnen während der Monate in den Savannen und Steppen Afrikas im Sinn geblieben. Aber die Welt ist voll von freundlichen Frauen und grünen Autos, was ist also der ausschlaggebende Faktor?

Nicht das, was man sieht, sondern der Geruch, die Gesamtheit der Gerüche, die in der Nähe des Nests in der Luft lagen: Wenn sich der Duft des Flieders einen Augenblick mit dem der Lindenblüten mischt, da, das ist das Haus, der richtige Ort, an den man zurückkehrt.

Der Geruch aber, der sich mir bei meiner Rückkehr aus Amerika aufdrängte, war der feuchter Blätter, die nicht brennen wollen; es war inzwischen heller Vormittag, unser Nachbar hatte sie aufgehäuft und versuchte vergeblich, sie anzuzünden, womit er nur die Luft mit weißem Qualm verpestete.

Aus diesem Qualm bist dann auch du aufgetaucht, vielleicht ein bisschen magerer, als ich dich in Erinnerung hatte.

Überzeugt, dass mir die Überquerung des Ozeans dabei helfen würde, mich von dir zu befreien, war ich monatelang herumgereist, hatte viel gesehen, viele Menschen getroffen, doch die große Entfernung hatte genau das Gegenteil bewirkt.

Der Hass, den ich für dich empfand, war so groß wie eh und je. Ich fühlte mich wie ein Fuchs mit buschigem Schwanz, unabsichtlich hatte ich das Feuer gestreift, und die Flammen folgten mir auf dem Fuß. Wohin ich auch ging, in mir tobten Wut und Schmerz und der Wunsch, dem Brand zu entkommen; überall verfolgte mich das Feuer, immer heftiger, immer verheerender. Als ich mit meinem Schlüssel das Gartentor aufsperrte, war hinter mir kein Schwanz mehr, sondern eine ganze trockene Heugarbe, die lustig knisternd lichterloh brannte und unheilvoll flackerte.

Den Besen in der Hand, standest du auf dem Weg.

»Da bist du wieder!«, hast du gerufen, der Besen fiel dir aus der Hand und knallte mit seinem hölzernen Stiel auf die Steine.

»Sieht so aus«, habe ich ohne ein weiteres Wort erwidert und bin in mein Zimmer gegangen, während Buck freudig um mich herumwinselte.

In den folgenden Wochen haben unsere Rituale alltäglicher Grausamkeit wieder angefangen – ich habe dich gehasst, und du hast versucht, diesem Hass auszuweichen. An manchen Tagen, wenn du dich stark genug fühltest, hast du dich bemüht, ihn zu bändigen, doch deine Bewegungen eines aus der Übung geratenen Boxers machten mich nur noch rasender. »Was willst du?«, schrie ich. »Hau ab!« Ich nannte dich »Alte«, trat wütend gegen die Türen und wiederholte dabei wie ein Mantra *krepier doch krepier doch krepier doch krepier doch krepier doch …*

Schwierig zu verstehen, wie dieser Hass in mir entstanden ist. Wie bei allen vielschichtigen Gefühlen konnte man nicht einen einzelnen Grund dafür benennen, es handelte sich eher um ein Zusammentreffen von Ereignissen, die sich ungünstig mit angeborenen Charaktereigenschaften verbanden.

Was in der frühen Kindheit noch ein stilles Bächlein gewesen war, verwandelte sich bei den ersten Anzeichen der Adoleszenz in einen vom Regen aufgewühlten Fluss; das Wasser war nicht mehr grün, sondern gelb, bei jedem Hindernis brauste es dröhnend auf, in seinen Windungen sammelten sich alle möglichen Abfälle – Styroporstücke, Plastiktüten, kaputte Bälle, nackte Puppen ohne Beine, abgerissene Äste, tote Katzen mit aufgequollenem Bauch – die im trüben Wasser aneinanderstießen, hilflos, grollend, unfähig, sich zu befreien. So hatten sich von Kindheit an viele Dinge unter der Oberfläche angesammelt, weder du noch ich waren damals in der Lage, sie zu erkennen: ein gesagtes oder nicht gesagtes Wort, ein Blick zu viel, eine Umarmung zu wenig – all die normalen Missverständnisse jeder zwischenmenschlichen Beziehung – hatten sich in uns im Lauf der Jahre in ein Pulverfass verwandelt.

In uns, habe ich gesagt, aber in Wirklichkeit müsste ich sagen, in mir, denn du hast mit aller Kraft versucht, jede Explosion zu vermeiden.

Wenn du es für besser hieltest, hast du geschwiegen, und wenn du es richtiger fandest, hast du geredet, aber dein Schweigen und deine Worte waren immer fehl am Platz. »Warum sagst du nichts?«, schrie ich, aufgebracht, wenn du einmal nicht reagiertest. »Warum machst du überhaupt den Mund auf?«, brüllte ich in der Überzeugung, du hättest mich mit dem Gesagten nur provozieren wollen.

Ab und zu überfiel mich eine Krise. Elektrischer Strom zuckte durch mein Gehirn, aggressive Termiten liefen unter der Hirnschale herum, sie waren es, die das Licht ausknipsten, mit ihren Kiefern durchtrennten sie die Kabel, und alles versank in Dunkelheit. Und auf die Dunkelheit folgte die wiedererlangte Ruhe. Plötzlich war in mir kein Fluss mehr, sondern ein See, ein kleiner Gebirgssee, der Sonnenaufgang färbte die Baumspitzen rosa, und auf dem

Grund schwammen fette Forellen mit der Wendigkeit von Algen.

Ja, alles konnte wirklich neu beginnen, so wie der Tag aus der Nacht ersteht. Die Fenster wurden geöffnet, und ins Haus wehte ein frischer Wind, mit der Luft kam das Licht, es war, als gäbe es keine dunklen Winkel mehr: Gemeinsam buken wir Kuchen, gingen zum Einkaufen oder in die Bibliothek, um neue Bücher auszusuchen.

»Warum nimmst du nicht deine Tabletten«, sagtest du zu mir, und zwei oder drei Wochen lang gehorchte ich.

Wochen der Ruhe.

Schön war es in diesen Tagen, atmen können, gehen, sich umsehen, ohne dauernd im Rücken das Knistern der Lunte zu vernehmen, tröstlich waren der Schlaf und das Aufstehen ohne die Furcht zu explodieren.

Aber wie alles Schöne dauerte es nur kurz.

Plötzlich, eines Morgens, öffnete ich die Augen, und die Langeweile des Friedens sprang mich an, dieses gleichförmige, verantwortungsbewusste Leben war nichts mehr für mich, die Welt des gesunden Menschenverstands, in der sich alle Handlungen unbeschwert aneinanderreihen wie Kinder beim Ringelreihen, war nicht meine Welt.

Ich brauchte den Schmerz, um mich lebendig zu fühlen, er musste zusammen mit den Blutkörperchen durch meine Adern strömen, es war der einzige Weg zur wahren Existenz. Ich wusste, dass er Säure, Gift, eine verseuchte Wolke war, ich ahnte, dass er mein Inneres und alles, womit ich in Berührung kam, zerfressen würde, doch ich konnte nicht auf ihn verzichten. Güte und Vernünftigkeit besaßen nicht so viel Energie, es waren schwache, eintönige Gefühle ohne genaue Richtung.

Wozu diente es, gut zu sein? Dazu, das Leben einer Marionette zu führen, die Existenz eines Kartoffelsacks, als wehrloses Opfer eines mächtigeren Willens.

Was war Güte überhaupt? Eine formlose Wolke unschuldiger Handlungen, eine Melasse, durch die man hindurch musste, um irgendeine Form von Belohnung zu erreichen, das grässliche Geplapper der nachmittäglichen Talkshows. Was konnte ich mit einer so minderwertigen Ware anfangen? Nichts, absolut nichts.

Von Sonnenaufgang bis Sonnenuntergang lief ich herum, als wäre ich ein Vulkankegel, zwischen Herz und Feuer bestand eine direkte Verbindung, es gab keine Biegungen, Dampfsäulen, Sackgassen: Das glühende, flüssige Magma blubberte in meinem Inneren, stieg und fiel mit wechselndem Rhythmus, lief manchmal über wie Wasser aus einem übervollen Gefäß.

Mit zehn, elf, zwölf Jahren konnte ich noch neben dir auf dem Sofa sitzen zum Vorlesen, aber schon mit dreizehn begannen die Zeichen der Unduldsamkeit; mit vierzehn war die einzige Geschichte, für die ich mich wirklich interessierte, meine eigene.

An einem dieser Lesenachmittage – es war April, kalter Regen fiel draußen im Garten – geschah es: Plötzlich trat aus meinem Inneren ein anderer Mensch heraus. Wir lasen gerade *Tausendundeine Nacht*, eines deiner Lieblingsbücher, als ich verächtlich schnaufend aufsprang: »Ich halt diesen Mist nicht mehr aus!«

Ungläubig hast du das Buch sinken lassen.

»Wie redest du denn?!«

»Ich rede, wie's mir passt«, habe ich geantwortet und türenschlagend das Zimmer verlassen.

Die ganze Kindheit hindurch hast du mein Leben mit Märchen, Gedichten, ausgefallenen Geschichten angefüllt, während die anderen Kinder meines Alters vor dem Fernseher saßen. Lesen hast du geliebt und wolltest diese Leidenschaft an mich weitergeben, oder vielleicht warst du überzeugt, dass mit Schönem genährt zu werden ein Gegenmittel gegen das Grauen darstellt.

Seit meiner ersten Erinnerung an unser gemeinsames Leben gab es immer ein Buch zwischen dir und mir. Das war der Weg, auf dem du Beziehungen pflegen konntest, das war deine Welt, die Welt der jüdischen Bourgeoisie, in der du aufgewachsen warst, die das Thora-Studium aufgegeben hatte und stattdessen Romane las. Bücher helfen einem, das Leben besser zu verstehen, hast du oft gesagt, durch die Literatur gelingt es, Gefühle in ihrer Tiefe zu begreifen.

War es das, wogegen ich mich auflehnte? Gegen deinen Anspruch, die Dinge verstehen zu müssen? Oder gegen die Tatsache, dass ich trotz all der unsterblichen Gestalten, die tagtäglich wohlvertraut durch meine Träume trampelten, immer unruhiger statt weiser wurde? Weil ich nicht die Tiefe der Gefühle, sondern ihre Falschheit spürte?

Es war, als wäre das Gerüst unserer Beziehung über die Jahre von unerfahrenen Händen errichtet worden, zuerst wirkte es stabil, doch als es höher wurde, begann es seine Mängel zu zeigen; ein bisschen Wind genügte, damit es schwankte. An den Stangen waren Unmengen Figuren hochgeklettert: Oliver Twist und Michael Strogoff, Aladin und der kleine Prinz, die kleine Meerjungfrau und das hässliche Entlein, der Golem und die Hexe aus Hänsel und Gretel, die Hundemeuten von Zanna Bianca,

Martin Eden, Urashima und die gutmütig beleibte Gottheit Ganesh, die, umgeben von einem wirbelnden Tanz der Dibbuks, die Querstangen unheimlich zum Knarren brachten. Sie drängten sich alle zwischen dich und mich, manche saßen, andere standen, und ihre Gesichter überlagerten die unseren, ihre Körper warfen Schatten auf unsere Geschichte, und ich wollte Licht, das Licht der Aufrichtigkeit, das Licht der Klarheit.

Das Licht, das mir gestatten würde, die einzigen Gesichter zu sehen, die mich wirklich interessierten, die meiner Eltern.

Ja, in der Zeit der Unruhe tauchte meine Mutter wieder auf. Bis dahin hatten wir ihre Existenz taktvoll ausgeblendet, es gab uns beide, und in unserer Beziehung genügten wir uns selbst – so glaubten wir jedenfalls: keine Misshelligkeiten, keine indiskreten Fragen, die Tage glitten dahin wie ein Zug durch den Nebel, alles war wie in Watte gepackt, ohne echte Dichte; im vorgeschriebenen Geleise zu bleiben garantierte uns Ruhe.

Dann, an einem Morgen im Mai, fiel mir beim Aufwachen zum ersten Mal auf, dass es im ganzen Haus kein einziges Foto von ihr gab: weder im Wohnzimmer noch in der Küche, keine Spur in deinem Zimmer, und du hattest auch nicht das Feingefühl besessen, eines in mein Zimmer zu stellen. Ihr Bild blieb allein meiner Erinnerung anvertraut, aber ich war damals noch klein, und ihre Züge waren allmählich verblasst wie eine Zeichnung, die zu lange dem Licht ausgesetzt war, sie verschwammen mit anderen Gesichtern, anderen Bruchstücken von Geschichten.

Wer war meine Mutter?

Nur zwei Dinge wusste ich von ihr: dass sie beim Aufprall ihres Autos gestorben war und dass sie in Padua studiert hatte, ohne je Examen zu machen.

An jenem Morgen bin ich in die Küche gestürmt, die Milch stand schon auf dem Feuer, du wolltest es gerade abdrehen.

»Wir haben keine Fotos von ihr!«, habe ich gerufen.

»Von wem?«

In mir habe ich ein Geräusch gehört, wie wenn man übers Eis geht, einen Augenblick hatte ich einen Kloß im Hals, bevor ich sagen konnte: »Von Mama.«

Zwei Tage später tauchte auf meinem Nachttisch ein Bilderrähmchen mit dem Schwarz-Weiß-Foto eines kleinen Mädchens in einem hübschen gesmokten Kleid auf; das Kind saß auf einer Schaukel, derselben Schaukel mit rotem Gestänge, die wir im Garten hatten. Ich habe das Bild genommen und bin zu dir in den Garten gegangen.

»Ich will nicht deine Tochter«, habe ich gesagt, »ich will meine Mutter.«

Bevor ich das Foto zerrissen habe, konnte ich gerade noch auf der Rückseite lesen: *Ilaria, elf Jahre.*

Daraufhin ist in meinem Zimmer ein verfärbtes Polaroidfoto aufgetaucht, es zeigte eine junge Frau in einem verrauchten Lokal, sie stützte das Kinn in die Hand und schien jemandem zuzuhören.

3

Jetzt weiß ich, dass Ereignisse verschiedene Nuancen annehmen können, was wir in unserer Beschränktheit sehen, ist fast immer nur ein Teil. Vielleicht wolltest du mich nicht durch die Erinnerung verstören, vielleicht war der Schmerz für dich noch zu stark – im Grunde waren ja erst zehn Jahre vergangen –, und du warst noch nicht so weit, ein Foto von ihr im Haus zu ertragen. Vielleicht war es dir lieber, ihren Blick und ihr Gesicht im Herzen zu bewahren; dort nämlich hattest du ihr einen Altar errichtet, dort im Dunkeln und in der Stille gedachtest du des schrecklichen Verlusts.

Damals jedoch, in der Polarisierungswut der Adoleszenz, sah ich nur einen Teil der Wirklichkeit: die Auslöschung. Du hattest eine Tochter verloren und wolltest nicht an sie erinnert werden; gibt es einen deutlicheren Hinweis auf Verderbtheit der Seele? Darüber hinaus war diese Tochter meine Mutter, die nach einem Leben voller Widersprüche früh gestorben war.

Du hattest mir fast nichts von ihr erzählt. Natürlich hätte ich dich fragen können, und du hättest zuerst mit einer gewissen Befangenheit, dann immer gelöster von ihr gesprochen, und beim erneuten Durchleben jener Momente wäre das Eis in deinem Herzen geschmolzen, ich hätte meinen Erinnerungen einen Namen gegeben, und du hättest dich vom Ballast der deinen befreit; zuletzt hätten wir uns umarmt und wären lange mit tränennassem Gesicht so sitzen geblieben, während hinter uns die Sonne untergegangen und die Dinge in die einsetzende Dunkelheit hinübergeglitten wären.

Ich hätte fragen können, habe es aber nicht getan. Es war die Zeit des Zusammenstoßes, nur darum ging es mir: Mauer gegen Mauer, Stahl, Marmor, Diamant. Wer von uns beiden starrsinniger wäre, das grausamere Herz hätte, würde zum Schluss überleben. In meiner Besessenheit, einen Schuldigen zu finden, war ich überzeugt, du hättest wie eines jener Tiere gehandelt, die manchmal ihresgleichen die Jungen rauben und sie aufziehen wie ihre eigenen. Du wolltest gerne jung bleiben oder warst vielleicht neidisch auf deine Tochter, deshalb hattest du ihr ihre Tochter weggenommen, ihren einzigen Quell der Freude. Kurz, irgendwie hattest du mit deinem Willen das Leben meiner Mutter beeinflusst: ihr Leben und auch ihren Tod, denn – das war mir nun klar – auch dafür musstest du insgeheim mitverantwortlich sein.

Manchmal denke ich, wie schön es wäre, wenn uns an einem bestimmten Punkt unserer Kindheit jemand beiseitenähme und uns, wie auf einer Landkarte, mit einem langen Stab die zukünftigen Stationen unseres Lebens aufzeigte. Auf dem Hocker sitzend, das Kinn in die Luft gereckt, würden wir einem Herrn zuhören (ich stelle ihn mir mit weißem Bart und Khakianzug vor, Geograph, Naturforscher oder etwas in der Art), der uns den sichersten Weg erklärt, um uns in dieses unbekannte Gebiet vorzuwagen.

Warum warnt uns niemand vor den Stellen, wo man aufpassen muss? Hier ist das Eis dünner, dort ist es tragfähiger, weitergehen, einen Umweg machen, zurückweichen, stehen bleiben, ausweichen. Warum müssen wir immer die Last der nicht gemachten Gesten, der ungesagten Sätze mitschleppen? Den Kuss, den ich nicht gegeben habe, die Einsamkeit, die ich nicht durch eine Umarmung gelindert habe. Warum leben wir von Geburt an in dieser unerhörten Beschränktheit? Alles kommt uns ewig vor, und unser Wille herrscht hartnäckig über diesen winzigen, chaotischen Staat, der »Ich« genannt wird, wir huldigen ihm wie einem großen Herrscher. Dabei müsste man nur eine Sekunde lang die Augen öffnen, um zu erkennen, dass es sich in Wirklichkeit um einen Operettenfürsten handelt, wankelmütig, geziert, unfähig, zu herrschen und sich zu beherrschen, unfähig, eine Welt jenseits der eigenen Grenzen zu sehen, die ja nichts weiter sind als die veränderlichen, engen Kulissen einer Bühne.

Wie viele Monate waren seit meiner Rückkehr vergangen?

Drei, vielleicht vier. In diesen Monaten, Monaten des Kleinkriegs, hatte ich nichts bemerkt, mir war nicht aufgefallen, dass du dich momentweise anders bewegtest, dass aus deinem Blick manchmal überraschend Verwirrtheit sprach.

Das erste Anzeichen erkannte ich eines Morgens, an dem ein heftiger Nordwind wehte: Ich war Brot und Milch holen gegangen, bevor der Boden gefror, und bei meiner Rückkehr hast du mich mit einem erstaunten Lächeln und kurzem Händeklatschen empfangen: »Weißt du schon das Neueste? Wir haben Ufos in der Küche!«

»Was sagst du da?«

Ich wusste nicht, ob ich lachen oder wütend werden sollte.

»Glaubst du mir nicht? Komm und sieh es dir an, ich meine es ernst.«

Wir haben die Küche von oben bis unten durchsucht, mit wachsender Aufregung hast du die Schubladen, den Backofen und den Kühlschrank geöffnet.

»Vor einer Sekunde waren sie noch da«, hast du immer wieder gemurmelt. »Wenn ich's dir sage, sie waren hier, jetzt glaubst du bestimmt, ich wollte dich auf den Arm nehmen.«

Ich sah dich ratlos an.

»Ist das ein Spiel?«

Du wirktest beinahe beleidigt.

»Sie waren zu siebt oder acht. Als ich das Gas angezündet habe, sind sie zwischen den Flammen aufgetaucht, als ich es abgedreht habe, sind sie ins Spülbecken umgezogen.«

»Was haben sie denn gemacht?«

»Getanzt. Ich habe keine Musik gehört, aber ich bin sicher, dass sie getanzt haben.«

»Vielleicht sind sie durch den Abfluss verschwunden.«

»Meinst du? Ja, vielleicht kommen und gehen sie durch die Wasserleitung.«

Seit jenem Tag bevölkerten außer uns beiden auch noch die Außerirdischen das Haus. Vergeblich hatte ich dir erklärt, dass Ufos aus dem Weltraum kommen, dass sie nur von Wissenschaftlern der NASA oder Betrunkenen gesichtet werden, dass sie in einer Küche tanzten, sei ganz unmöglich: Wenn sie im Garten gelandet wären, hätten es sämtliche Nachbarn gemerkt, und die Bäume wären in Flammen aufgegangen.

Du hörtest mir ruhig zu, doch an deinem Blick erkannte ich, dass du deine Idee nicht aufgegeben hattest.

»Mir scheint, es sind keine Ufos, sonder Dibbuks«, habe ich dir eines Tages vorgeschlagen. Du hast ungeduldig mit den Achseln gezuckt, als wolltest du sagen: Nenn sie, wie du willst.

Deiner Beschreibung nach waren sie grün, hellgrün wie frische Erbsen, auch in der Form ähnelten sie dieser Schote; Arme und Beine dagegen erinnerten an die Beinchen eines aufgerichteten Geckos. Ihr Schwanz war kurz und unbehaart, und anstelle von Mund und Nase hatten sie einen langen Rüssel, mit dem sie sprachen, aßen und atmeten. Sie erschienen und verschwanden in den unerwartetsten Momenten, schwebten durch den Kamin herab, schwammen in der Badewanne, winkten uns mit ihren klebrigen Händen aus der Trommel der Waschmaschine zu. Manchmal kam es dir vor, als würden sie fliegen oder die Vorhänge hinaufklettern wie kleine Beuteltiere. Und sie beschränkten sich nicht mehr darauf zu tanzen, sie lachten auch. »Sie lachen mich aus!«, sagtest du zornig, während du mit wehenden Haaren durchs Haus liefst.

Immerzu gingst du wie getrieben durch die Zimmer, im Garten hin und her, pausenlos, auch nachts (was du früher nie getan hattest), treppauf, treppab, öffnetest die Schubladen und schlossest sie wieder; zuweilen hatte ich den Eindruck, als lebte eine Springmaus im Haus, eins dieser Tierchen, die wegen einer genetischen Anomalie ständig herumrennen, tipp tapp, tipp tapp, tipp tapp.

Deine Schritte durchquerten alle meine Nächte.

Ein paarmal bin ich aufgestanden, habe dich an den Schultern gepackt – deinen schmalen, gebrechlichen Schultern – und dich geschüttelt: »Was suchst du?«

Befremdet, beinahe hochmütig hast du mich gemustert.

»Verstehst du das nicht? Ich versuche, mich zu verteidigen.«

Eines Morgens bist du bei Sonnenaufgang, schon fertig angezogen, mit sicherem Schritt ins Dorf gegangen, um acht Uhr hat dich der Drogist vor seiner Ladentür gefunden.

»Ich brauche etwas gegen Ufos«, hast du gesagt, noch bevor er den eisernen Rollladen hochgezogen hatte.

Vergeblich hat er versucht, dich zu beruhigen, indem er dir anbot, ein Mittel gegen Holzwürmer zu nehmen, das bestimmt auch dagegen wirkte, oder eine hochkonzentrierte Flüssigkeit, die jeden Eindringling aus den Wasserrohren vertreiben würde. Du hast mit deiner kleinen Faust auf die Ladentheke geschlagen und mit dem Ausruf: »Es ist eine Schande!« wutschnaubend das Geschäft verlassen.

Von dem Tag an fragten sie mich im Dorf beim Einkaufen immer öfter mit gespielter Beiläufigkeit: »Und wie geht es der Großmutter?«

4

Ein verlassenes Haus verfällt langsam, aber unerbittlich, Staub sammelt sich an, die Mauern der unbeheizten Räume beginnen im Winter die Kälte und im Sommer die Wärme zu speichern; da nicht gelüftet wird, verwandeln Hitze und Feuchtigkeit das Haus in eine Sauna, der Anstrich zersetzt sich und rieselt als Staub zu Boden; wenig später bröckelt auch der Putz ab, löst sich von den Wänden und fällt mit dumpfem Aufprall herunter, wie bei Tauwetter der Schnee von den Dächern. Durch einen heftigen Windstoß oder den Steinwurf eines gelangweilten Rowdys gehen unterdessen auch die Scheiben zu Bruch. Die Wetterveränderungen wirken nun mächtiger, Regen und Wind dringen ungehindert ein, ebenso wie die glühende Sonne, Blätterhaufen, Papierfetzen, Plastikabfälle, kleine Äste, alle möglichen Insekten und Vögel, Mäuse und Fledermäuse; Taubenkolonien nisten auf dem Fußboden, Hornissen bauen ihr Nest an einem Deckenbalken, während Hufeisennasen lieber am Kronleuchter hängen; was von den Dielen noch übrig ist, wird von den Exkrementen zerfressen, den Rest besorgen die Nager.

So wohnen irgendwann nur noch Gespenster in dem hübschen Häuschen von einst, niemandem käme es in den Sinn, seine Türe zu öffnen: zu gefährlich, die ständig durchsickernde Nässe hat die Decken faulen lassen, schon ein geringes Gewicht genügt, um ins untere Stockwerk abzustürzen. Der Fußboden bricht ein und reißt alles mit, was früher einmal das Leben des Hauses ausmachte: nacheinander krachen die Möbel herunter, Teller, Gläser, Blumenvasen fallen heraus, Fotoalben, Mäntel, Schuhe, Pantoffeln, Gedichtbände, Bilder von Enkelkindern, Souvenirs.

In jenen endlosen Monaten begleitete mich im Geist immer dieses Bild des Verfalls, ich stellte mir ein Zimmer vor, und dann sah ich es einstürzen, nicht schlagartig, sondern allmählich, als wäre die Wirklichkeit rundherum anders beschaffen – wie aus Treibsand oder Gelatine –, die Dinge fielen herunter, zerbrachen aber nicht, sondern wurden von einer tonlosen Leere geschluckt, und in dieser Leere bewegten sich nur Gespenster, aalglatt und wendig schlüpften sie durch alle Ritzen.

Über Jahre, vielleicht Jahrzehnte hatten die Ufos irgendwo in deinem Hirn geschlummert, wahrscheinlich stammten sie aus einem Film über Außerirdische, waren mit ihren Saugnapf-Füßen und ihrem Mund-und-Nasen-Rüssel in deinen Kopf eingedrungen und dort geblieben, ohne je ein Lebenszeichen zu geben. Während du kochtest, redetest, Auto fuhrst, Bücher last, Musik hörtest, Gedichte aufsagtest, hockte diese kleine Kolonie dort im Halbschlaf und wartete nur darauf, dass die Angeln nachgaben und ein heftigerer Windstoß sie befreite.

Ja, die Ufo-Dibbuks waren der Posaunenstoß. Ich hätte bei diesen ersten Anzeichen hellhörig werden, mich zum Kampf rüsten müssen, stattdessen habe ich nicht einmal den Panzer angelegt, ich konnte mir nicht vorstellen, dass der Grabenkrieg im Haus sich verändern würde, dass nicht mehr ich im Hinterhalt lauern würde, sondern ein unsichtbarer Feind, der an zwei Fronten operierte.

Ich musste dich und mich selbst verteidigen. Tag für Tag gab dein Gedächtnis mehr nach, wie die Decke des unbewohnten Hauses.

Es brach zusammen und bevölkerte sich mit Gespenstern.

Irgendwann stand zwischen dir und mir eine Menge unheimlicher Wesen, wir lebten in ihrer Gesellschaft und bewegten uns auf einem Boden, der so dünn und durchsichtig war wie eine Folie.

Einige Monate nach dem Auftauchen der Ufos rief ich den Arzt, und um dich nicht zu beunruhigen, tat ich so, als sei es meinetwegen.

An dem Tag hast du dich absolut normal verhalten, du hast im Garten den Tisch schön gedeckt und dem Doktor, deinem alten Freund, Kekse und Eistee angeboten. Er hat dir wie selbstverständlich Fragen gestellt, und du hast fröhlich geantwortet; dann habt ihr euch über die bevorstehenden Ferien unterhalten, über den Besuch seines Enkelsohns und über die beste Methode, die Blattläuse an den Rosen zu bekämpfen, man hatte dir erzählt, das billigste und wirksamste Mittel sei, man besprühe sie mit Wasser, in dem man Zigarettenkippen eingeweicht hatte.

»Tja!«, erwiderte der Arzt, »wenn die Zigaretten uns töten, dann werden sie auch die Blattläuse umbringen.«

Ich blickte dich verwirrt an. Wo waren die unerwünschten Küchenbewohner geblieben?

Hinten auf dem Rasen verteidigte eine Amsel lautstark ihr Territorium, Mücken ballten sich über dem besonders feuchten Abschnitt eines Blumenbeets, während das Licht der untergehenden Sonne ihre Flügel streifte und in goldene Splitter verwandelte; als brummend ein Hirschkäfer unseren Tisch überquerte, hast du dich erhoben.

»Ich lasse euch kurz allein, die Hortensien sind durstig.«

Schweigend haben wir dir auf deinem Weg zur Pumpe nachgesehen; Buck lief hinter dir her und bellte laut den schwarzen Wasserschlauch an, der sich durchs Gras schlängelte. Spielte er? Wollte er dich verteidigen? Wer weiß.

Es hat mich dann nicht viel Mühe gekostet, den Arzt davon zu überzeugen, dass deine Ruhe und Normalität nur scheinbar waren. Bei Krankheiten, die das Gedächtnis und die Persönlichkeit betreffen, hat er mir erklärt, bleibe am Anfang noch eine gewisse Kontrolle; unbewusst strenge man sich vor Fremden an, das gewohnte Verhalten zu zeigen, als käme eine Art äußerster Scham über die Person, um sie zu schützen.

Du habest schon einen Schlaganfall gehabt, während ich in Amerika war – ob ich das nicht gewusst hätte? –, wahrscheinlich habe es noch öfter eine Blutleere im Gehirn gegeben, die Durchblutung werde immer schlechter, was das Gedächtnis beeinträchtige; zuerst verschwänden die Tage, dann die Monate, die Jahre, die Stimmen und die Gesichter, es sei wie bei einer Serie von Tsunamis: Jede Welle reiße ein Detail mit, trage es aufs offene Meer hinaus, von wo es keine Rückkehr gebe. Die wenigen Dinge, die noch übrig blieben, würden in jedem Fall von der Gewalt des Ansturms überrollt.

Du warst immer noch beim Blumensprengen, wir sahen, wie sich deine Silhouette im Gegenlicht bewegte, umgeben von einem schimmernden feinen Sprühregen.

»Kann man das behandeln?«, fragte ich.

Der Arzt schüttelte betrübt den Kopf.

»Kaum. Höchstens mit etwas Beruhigungsmittel.«

»Und wie lange kann es dauern?«

»Solange das Herz mitmacht. Das hört sich grausam an, aber so ist es. Der Kopf geht weg, aber das Herz schlägt unter Umständen noch jahrelang weiter in einem Körper, der nur noch eine leere Muschelschale ist.«

Als ich den Arzt zum Gartentor begleitete, hast du ihm zum Abschied von Weitem gewinkt wie ein kleines Mädchen, das zu einem Schulausflug aufbricht.

Der Tag ist ohne weitere Überraschungen zu Ende gegangen. Nachdem du den Garten gegossen hattest, bist du ins Haus gekommen und hast das Abendessen zubereitet. Durchs offene Fenster wehte die erste warme duftende Sommerluft herein. Wir haben über Bücher gesprochen, du wolltest die *Buddenbrooks* wieder lesen. »Ist das nicht langweilig?«, habe ich gefragt. »Überhaupt nicht!« Und sofort hast du angefangen, mir von dem Bierbrauer Permaneder, seiner Frau und allen Personen aus dem Roman zu erzählen, die dir in Erinnerung geblieben waren.

Vor dem Schlafengehen haben wir uns einen Gute-Nacht-Kuss gegeben, dabei hatten wir damit schon lange vor meiner Reise nach Amerika aufgehört.

Im Bett habe ich gedacht, es sei vielleicht wirklich alles ein Scherz gewesen, du hättest mich auf den Arm nehmen wollen, und nun sei das Spiel vorbei. Mit diesem Gedanken bin ich eingeschlafen.

Am nächsten Morgen bin ich aus dem Schlaf aufgeschreckt und habe über mir dein wütendes Gesicht gesehen: »Du hast meine Hausschuhe gestohlen!«

Im Laufe weniger Wochen lebte ich auf einmal mit einem völlig unbekannten Menschen zusammen, die Außerirdischen waren verschwunden, aber Verfolgungswahn war an ihre Stelle getreten.

Alles und alle hatten sich gegen dich verschworen.

Die Verschwörung äußerte sich in missgünstigem Geflüster, höhnischem Gelächter, ständigen Diebstählen; Pantoffeln und Morgenrock verschwanden, Handtasche und Mantel verflüchtigten sich, Hausschlüssel und Brille lösten sich in nichts auf; jemand hatte die Töpfe gestohlen, mit denen du kochen wolltest, und das Essen, das du gerade zubereitet hattest; im Kühlschrank war keine Spur des Einkaufs mehr zu sehen, und im Bad fehlte die Seife. Verantwortlich für diese Entwendungen war, da es ja keine Ufos mehr gab, einzig und allein ich, und ich wollte dich damit nur ärgern und dein Leben in eine Hölle des Suchens verwandeln.

Du hattest dir im Eisenwarengeschäft eine Menge Vorhängeschlösser und Ketten beschafft, mit denen du alles sichern und abschließen konntest. Um die verschiedenen Schlüssel nicht zu verlieren, hattest du sie auf ein rotes Band gefädelt, das du um den Hals trugst; ihr ständiges leises Klirren und das Getrappel deiner unermüdlichen Schritte bilden die Geräuschkulisse, die mir von jenen Monaten in Erinnerung geblieben ist.

Du hast mich der unglaublichsten Dinge bezichtigt, und ich wusste nicht, wie ich mich verteidigen sollte, die paar Worte, die ich herausbrachte, wirkten wie eine feuergefährliche Flüssigkeit – schon wenige Tropfen genügten, um dich zum Explodieren zu bringen, du schäumtest vor Wut, den Unterkiefer vorgeschoben, die Augen wie Schlitze, wolltest du mit deinen zarten Händen die Luft zerkratzen; stundenlang sprachst du unwiederholbare Verwünschungen vor dich hin. Du schobst Schubladen auf und zu, trugst verstohlen Dinge von einem Ort zu einem anderen, noch geheimeren Versteck. Du schautest in die Kleiderschränke, in den Kühlschrank, in den Backofen. Liefst treppauf und treppab. Machtest die Fenster auf und zu, strecktest plötzlich den Kopf heraus, um jemanden zu überraschen, der im Hinterhalt lauerte, genauso machtest du es an der Haustür: Du warst sicher, jemanden gesehen zu haben – hinter den Türpfosten lauerten Wesen, die dich bösartig beäugten, man musste sie unerbittlich bekämpfen, immer zuerst da sein.

Um mich mit dir zu verbünden, half ich dir, verschiedene Verteidigungsstrategien auszuarbeiten; ich kaufte eine Trillerpfeife und vertraute dir an, es handle sich um eine Zauberpfeife, die böse Geister abhalten könne. Mit staunend geweiteten Augen hast du sie mir aus der Hand gerissen, irgendwie erleichtert und dankbar: »Wirklich? Funktioniert es?«

Eine Weile hat es dann tatsächlich funktioniert.

Nun war zum Geräusch deiner Schritte, zum Klirren der Ketten noch dieser schrille Pfiff gekommen, begleitet von Bucks Gebell, da der Hund die hohen Frequenzen nicht aushielt. Inzwischen irrte auch ich in dieser höllischen Symphonie herum wie ein Gespenst. Wenn du, was selten vorkam, einmal einschliefst, blieb ich stehen, um dich zu betrachten: In Verteidigungshaltung lagst du da, die Fäuste geballt, die Lippen angespannt, die Gesichtsmuskeln zuckten ruhelos weiter, ebenso die Augen unter den durchsichtigen Lidern.

Während ich so deine Züge erforschte, versuchte ich die Person wiederzufinden, die mich aufgezogen hatte. Wo war sie hin? Wer war diese alte Frau, die ich vor mir hatte? Wo war die hergekommen? Wie war es möglich, dass eine sanftmütige, freundliche Person sich in ihr Gegenteil verkehrte? Grobheit, Zorn, Misstrauen, Gewalt – woher kam dieser ganze Müll? Trug sie den schon immer in sich, oder war es ihr bloß gelungen, ihn die ganzen Jahre hindurch unter Kontrolle zu halten, und nun, ohne die Hemmschwellen der geistigen Gesundheit, zeigte sich, was sie schon immer hatte sein wollen? Oder war es wirklich ein Dibbuk, ein von außen gekommenes Wesen? Bestand die Möglichkeit, dass dieser Dibbuk auch in mich eindringen könnte?

Besitzen wir etwa alle, wie manche Roboter in den Science-Fiction-Filmen, von Anfang an – verborgen zwischen der Pia Mater und der Dura Mater – ein eingebautes Selbstzerstörungsprogramm? Und wer stellt den Timer? Wer bestimmt die Dauer?

Ich hatte mich nie lange mit der Frage beschäftigt, ob der Himmel von jemand anderem als Ufos bevölkert war, doch an jenen langen Herbstnachmittagen hatte ich mir, als ich darüber nachdachte, eine Antwort zurechtgelegt: Der Himmel ist leer, und falls nicht, kümmert sich das Wesen, das ihn bewohnt, keinen Deut um das, was in der Welt darunter geschieht, kurz gesagt, es handelt sich um jemanden, der beim Erschaffen seines Spielzeugs sehr oft zerstreut gewesen war. Wie lässt es sich sonst erklären, dass ein Mensch eine so hochgradige Form von Verfall in sich trägt? Dass ein Leben voller Würde und Intelligenz in wenigen Monaten ausgelöscht werden kann? Dass das Gedächtnis einfach verschwindet, wie mit einem Schwamm weggewischt? Welche Heuchelei musste diejenigen leiten, die von einem gütigen Vater sprachen! Welcher Vater würde seinen Kindern je ein solches Schicksal wünschen?

Nachts – um dem ständigen Klappern deiner Schritte, den Pfiffen, dem Quietschen der Angeln zu entgehen – flüchtete ich mich häufig in den hintersten Winkel des Gartens.

Von außen glich das Haus wirklich einem Geisterschiff: Vom Schlüsselklirren angekündigt, sah ich dich an den erleuchteten Fenstern auftauchen und wie einen Schatten wieder verschwinden, während von der Straße der Lärm der Lastwagen heraufdrang und das Gebell der Hunde aus den umliegenden Villen nachhallte.

In windigen Nächten ächzten die schwarzen Pinien über mir wie Schiffsmasten.

Zusammengekauert hockte ich da und konnte endlich weinen. Mehr vor Wut als vor Schmerz; von den Tränen ging ich zu Fußtritten über, heftig trat ich nach den Stämmen, hämmerte mit Fäusten gegen die Rinde, bis mir das Blut über die Handgelenke lief. *Lass mich sterben!*, schrie ich in den Wind, laut, damit er meine Worte weit hinauf trug. *Lass sie sterben, hol sie weg, vernichte sie, mach sie zu Staub! Wenn du sie nicht willst, nimm wenigstens mich! Ja, falls es Dich gibt, Du da oben, so lass mich sterben!* Dann warf ich mich auf die Erde und umschlang Buck, der furchtsam zu meinen Füßen winselte.

Nach einer solchen Nacht im Freien überkam mich eines Morgens beim Aufwachen die Angst, ich sei erhört worden; ich hatte länger geschlafen als sonst, und als ich das Haus betrat, herrschte ungewöhnliche Stille: kein Getrappel, weder Pfiffe noch Kettenrasseln, kein Fluch, nichts.

Nach einigen Minuten ungläubigen Wartens öffnete ich vorsichtig die Tür zu deinem Zimmer und fürchtete, dich leblos vorzufinden; dann durchsuchte ich alle Räume: von dir weit und breit keine Spur.

Daraufhin ging ich, gefolgt von Buck, in den Garten, aber du warst weder bei den Hortensien noch im Holzschuppen und auch nicht hinten in der Garage. Das Auto konntest du nicht genommen haben, denn ich hatte schon längst die Schlüssel verschwinden lassen, falls du also unterwegs warst, dann zu Fuß, obwohl dein Mantel und deine immer sorgsam gehütete Handtasche an der Garderobe hingen.

Ich wollte gerade zu den Carabinieri gehen und eine Vermisstenanzeige aufgeben, da klingelte das Telefon: Der Gemüsehändler hatte dich aufgehalten, als du barfuß und im Unterrock eine Kreuzung überqueren wolltest, und dich in seinen Laden mitgenommen.

»Wir sind im Tunnel«, hast du immer wieder gesagt, »Papa, Mama, wir sind im Tunnel, wir haben es geschafft!«

Neuerdings verfolgten dich die Bombardierungen und die Deutschen, die an die Tür klopften. Bei meinem Anblick hast du feindselig, ohne mich zu erkennen, gefragt:

»Was wollen Sie von mir?« Erst als ich mich zu dir gebeugt und dir ins Ohr geflüstert habe, ich sei die Chefin der Flugabwehr, hast du mir die Hand gegeben und bist folgsam wie ein müdes kleines Mädchen mit mir nach Hause gegangen.

Von da an brachten uns dein Weglaufen und deine unbesonnenen Handlungen in Not. Du wolltest dir die Hände über der Gasflamme waschen; wenn du Marmelade essen wolltest, zerschlugst du das Glas, anstatt es zu öffnen, und schlucktest die Glassplitter mit hinunter wie nichts; wenn ich dich zur Sicherheit in einem Zimmer einschloss, schriest du, man müsse in den Luftschutzkeller laufen, weil die Sirenen schon geheult hätten; wenn Buck in der Türe auftauchte, riefst du, vielleicht wegen seiner entfernten Ähnlichkeit mit einem Schäferhund: »Die Gestapo kommt!«, und suchtest mit tränenüberstömtem Gesicht nach einem Versteck.

Von einer bedrohlichen Person war ich nun zur Unbekannten geworden, nie wusstest du, wer ich war. Um zu überleben und dir das Überleben zu ermöglichen, habe ich mich in jenen Monaten wie der Geist aus der Geschichte von Aladin und der Wunderlampe, die du so gernhattest, in unendlich viele verschiedene Personen verwandelt.

Das Spiel endete an einem windigen Dezembermorgen. Als ich vom Einkaufen heimkam, fand ich dich im Garten, im Nachthemd, mit erdverschmierten Füßen, und Buck saß neben dir und jaulte. Von einem deiner Gespenster verfolgt, warst du aus dem Haus gelaufen, vermutlich über eine Wurzel gestolpert und mit dem Kopf gegen einen Baumstamm geprallt. Auf dem Rücken lagst du da, lächelnd, einen Arm ausgestreckt, als würdest du im Gras schwimmen. Über deine Stirn zog sich eine Blutspur, und die Augen unter den Lidern waren endlich zur Ruhe gekommen.

5

Du bist nicht an jenem Morgen gestorben, sondern drei Tage später, in einem Krankenhauszimmer.

Der Todesengel mit dem Flammenschwert kam vor Tagesanbruch, während ich mich unruhig im Bett wälzte. Buck muss es gespürt haben, denn beim Aufstehen hat er nicht wie immer im Garten auf mich gewartet; er verschwand oft, deshalb machte ich mir keine größeren Sorgen, aber am Nachmittag rief jemand an, der unsere Nummer auf dem Schildchen an Bucks Halsband gelesen hatte: In der Nähe des Krankenhauses war Buck von einem Auto überfahren worden, vielleicht wollte er sich noch von dir verabschieden oder die Gelegenheit zu einer gemeinsamen Reise ins Jenseits nutzen. Der Kadaver, teilte man mir mit, war schon zur Verbrennungsanlage gebracht worden.

Auf deiner Beerdigung waren nur vier oder fünf Personen: die Nachbarn und ein paar alte Freundinnen, die sich noch auf den Beinen halten konnten. Der Pfarrer hat geredet wie ein Autohändler, gewohnte, leicht gelangweilte Worte, um die Güte des Produkts zu preisen.

Bis zum Jahresende fehlten nur noch wenige Tage; beim Verlassen des Friedhofs empfing uns das Geknatter von Knallfröschen.

Im Bus lärmte eine Gruppe fröhlicher Jugendlicher, offenbar hatten sie schon viel getrunken, und einer trug eine Nikolausmütze, ein anderer die Maske eines Totenschädels.

Zu Hause habe ich dann nur geschlafen, drei oder vier Tage lang, einen bleiernen, traumlosen Schlaf. Es war kalt in den Zimmern, plötzliche Windböen rüttelten an den Fensterläden, ab und zu weckte mich das laute, krachende Geräusch wie ein Schuss.

Als ich wieder anfing, mich zu bewegen, habe ich im Alltag nicht dich vermisst, sondern Buck: Ich redete weiter mit ihm, suchte ihn, hob Reste für ihn auf; die Versuchung, ins Tierheim zu gehen und mir einen neuen Hund auszusuchen, war sehr groß, doch dann wurde ich von dem endlosen Papierkrieg verschluckt, der nach dem Ende eines Lebens zu erledigen ist.

Es gelang mir noch nicht, Schmerz darüber zu empfinden, dass du nicht mehr da warst. Die Zimmer waren leer, es herrschte eine Stille wie im Theater nach der Vorstellung, man hörte kein Scharren mehr, keine Schritte, kein Hüsteln.

Der Teil von mir, der eigentlich hätte trauern müssen, war vor der Zeit erschöpft, verbraucht von der nervenaufreibenden Gewalt deines raschen Verfalls; ich hatte deinen Tod mit Erleichterung aufgenommen: Endlich war dein Leiden zu Ende.

Erst mit der Zeit konnte ich eines Tages aus meinem Gedächtnis den wichtigen Menschen wiedererstehen lassen, der du für mich gewesen warst.

Als endlich alle Formalitäten erledigt waren, wusste ich

nicht, was ich tun sollte, deine Krankheit hatte alle meine Energien aufgezehrt, ich konnte keinen Schmerz fühlen, nur eine große Verlorenheit.

Wer bist du?, fragte ich mich. Was machst du, wenn du groß bist?

Ich hatte keine Ahnung.

Den ganzen Januar hindurch wehte ein außergewöhnlich heftiger Nordwind, ein paarmal schneite es sogar, und die Rehe wagten sich bis ans Gartentor, um nach frischen Trieben zu suchen.

Ich kauerte im Sessel vor dem Feuer, unsere (inzwischen verstaubten) Bücher neben mir, und hörte noch deine Stimme, die mir das Märchen von den drei Schweinchen erzählte. *Ich werde blasen, blasen und alles zerstören, heulte der Wolf grimmig vor der Tür.*

»Zu uns kommt er nicht herein«, sagtest du dann, um mich zu beruhigen, »dieses Haus ist solide, aus Backstein, es ist nicht auf Sand gebaut, sondern auf den harten Karstfelsen.«

Fundamente, fügtest du dann hinzu, sind so ähnlich wie Wurzeln, sie sorgen dafür, dass ein Haus fest steht und ihm die Gewalt des Windes nichts anhaben kann. Um Stabilität zu erlangen, muss man sehr tief graben, genau wie die Wurzeln der Bäume Jahr um Jahr tiefer in die dunkle Erde hineinwachsen. In Amerika, fügtest du hinzu, stellen sie die Häuser einfach auf den Boden wie Zelte, deshalb genügt das Schnaufen eines Wolfs, um ganze Städte zu entwurzeln.

Allein in dem stillen Haus, war ich mir deiner Worte nicht mehr so sicher, ich hatte den Eindruck, dass der Wind durch die Ritzen zischte *es ist aus, aussss,* so wie mir als Kind die Waschmaschine beim Schleudern zuflüsterte *alles ist sinnlos, alles wird zerstört.*

Mitten in der Nacht ächzte die Haustür unter den Windstößen, es hörte sich wirklich an, als würde jemand dagegentreten und brüllen: *Gestapo!*

Tagsüber, anstatt mich vor dem Wind zu schützen, rannte ich gegen ihn an wie Don Quijote gegen die Windmühlen. *Töte mich, reinige mich, entführe mich, bring mich weit weg, weg von hier, reiß mich aus meinem Leben heraus,* wiederholte ich innerlich ununterbrochen.

Ich schlief wenig, aß noch weniger, sah niemanden, hatte keine Pläne und fühlte mich wie ein Boxer, der allein im Ring steht. Jahrelang hatte ich mich aufgewärmt, hatte Jabs und Uppercuts und Seilspringen geübt, um mich auf die letzte Runde vorzubereiten, und plötzlich war der Gegner ohne jede Vorankündigung aus dem Match ausgestiegen. Ich tänzelte immer noch sprungbereit, gewiss, doch mein einziger Gegner war mein eigener Schatten.

Ohne Anlässe zur Auseinandersetzung glich mein Leben einer im Wind flatternden leeren Plastiktüte, es bewegte sich nicht aus eigenem Antrieb, sondern folgte den Launen der Böen.

Ich hatte noch nie über meine Zukunft nachgedacht.

Als Kind gab es ein paar vage Träume: Bahnhofsvorsteher (mit der Kelle in der Hand und der roten Dienstmütze) oder Schiffskapitän, Zirkusakrobat oder Hundedompteur, aber das waren eben nur Träume ohne den geringsten Bezug zur Realität; ab der Pubertät kannte ich nur noch eine einzige Aufgabe: dich angreifen. Nun, da du mit einem genialen Streich das Feld geräumt hattest, lief ich durchs Haus wie der Pawlow'sche Hund, ich zog an der

Kette und knurrte, aber das sehnlich erwartete Glöckchen klingelte nie.

Welchen Sinn hatten meine Tage jetzt, wo ich ganz allein auf der Welt war? Und als du noch da gewesen warst? Welchen Sinn hatten denn ganz allgemein die Tage für die Menschen? Aus welchem Grund wiederholten die Menschen immergleiche Gesten, aus Gewohnheit, aus Langeweile, aus Unfähigkeit, sich etwas anderes auszudenken, sich Fragen zu stellen? Oder vielleicht aus Angst, weil es einfacher ist, ausgetretenen Pfaden zu folgen.

Während ich den Einkaufswagen durch den Supermarkt schob, betrachtete ich die bleichen Gesichter unter dem Neonlicht und fragte mich: Welches Leben hat einen Sinn? Und was ist der Sinn des Lebens? Essen? Überleben? Sich vermehren? Das tun auch die Tiere. Warum gehen wir dann auf zwei Beinen und benützen die Hände? Warum schreiben wir Gedichte, malen Bilder, komponieren Symphonien? Nur um zu sagen, dass der Bauch voll ist und wir genug koitiert haben, um uns die Nachkommenschaft zu sichern?

Kein menschliches Wesen wünscht sich, auf die Welt zu kommen. Eines schönen Tages werden wir, ohne gefragt worden zu sein, unversehens auf die Bühne geschubst, manche von uns bekommen eine Hauptrolle, andere sind nur Statisten, wieder andere machen schon vor Ende des Aktes den Abgang oder setzen sich lieber ins Parkett hinunter, um das Stück von dort aus zu genießen – zu lachen, zu weinen oder sich zu langweilen, je nach Spielplan.

Trotz dieses offensichtlichen Zwangs will nach der Geburt niemand mehr gehen. Das fand ich paradox: Ich verlange nicht, auf die Welt zu kommen, wenn ich aber erst einmal da bin, will ich nicht mehr weg. Welchen Sinn hat dann die individuelle Verantwortung? Wähle ich, oder werde ich ausgewählt?

Der echte Willensakt – der den Menschen vom Tier unterscheidet – ist also die Entscheidung darüber, wann man geht? Ich beschließe nicht, auf die Welt zu kommen, aber ich kann beschließen, wann ich Ade sage: Es war nicht mein Wille herunterzukommen, doch mein Wille ist es, hinaufzugehen.

Herunterkommen, hinaufgehen, von wo denn und wohin? Gibt es ein Unten und ein Oben? Oder nur eine absolute pneumatische Leere?

Nach deinem Tod fiel mir als Bild für das Haus eine Muschel ein. Als ich noch nicht sechs war, hast du bei einem alten Fischer in Grado eine für mich gekauft. Ich erinnere mich noch an deine Stimme, während du sie mir ans Ohr hieltest: »Hörst du es? Es ist das Meeresrauschen …«

Ich lauschte eine Weile, dann fing ich plötzlich hemmungslos und untröstlich zu weinen an, was dich, wenn es geschah, immer erschreckte und zugleich verärgerte.

»Warum weinst du? Was ist los?«

Ich konnte dir nicht antworten, ich konnte dir nicht sagen, dass aus der Muschel nicht das Meeresrauschen, sondern das Stöhnen der Toten zu vernehmen war, dieses außergewöhnliche Brausen war ihre Stimme, mit der ganzen Gewalt des Unausgesprochenen traf sie unser Ohr, drang von dort ins Herz und presste es zusammen bis zum Bersten. Die Muschel hatte einmal eine Schnecke beherbergt (so wie das Haus auf der Hochebene jahrzehntelang die schützende Hülle unserer Familie gewesen war), dann hatte ein Krebs oder ein Seestern die Schnecke gefressen und die leere Hülle aus Kalk übrig gelassen: Wasser war in ihr Inneres geschwappt, hatte es poliert, bis es glänzte wie Perlmutt, und jetzt hallte in seinen spiegelblanken Windungen jener ruhelose Klang wider.

Den Bewohnern unseres Hauses war es genauso ergangen: Sie waren alle gestorben, und der Wind war gekommen, um jede Erinnerung an sie abzuschleifen. Allein irrte ich durch die spiralförmigen Windungen, und ab und zu war mir, als verliefe ich mich in einem Labyrinth. Andere Male hingegen begriff ich, dass ich nur dort drinnen, suchend, grabend und lauschend, einen festen Anhaltspunkt für mein Leben finden würde.

Auch der Wind war eine Stimme, er brachte die Seufzer der Toten mit, ihre Schritte und auch die Dinge, die zwischen ihnen ungesagt geblieben waren.

Während ich allein in dem Haus mit den immer glatter, immer durchsichtiger werdenden Wänden wohnte, begann ich, an die in eine Rauchwolke gehüllte junge Frau auf dem Foto zu denken. Ich versuchte, mich an den Klang ihrer Stimme oder die Wärme ihrer Hand zu erinnern, an etwas, das uns vor ihrem Verschwinden hätte einen können.

Ich hätte gern alles über sie gewusst, doch nun konnte ich niemanden mehr fragen.

Wie war sie, wer war sie, was mochte sie, und – vielleicht das Wichtigste für mich – warum hatte sie mich in die Welt gesetzt?

Durch die leeren Zimmer wandernd, begann ich, nach ihr zu rufen.

Ich schämte mich, ihren Namen auszusprechen, es kam mir dir gegenüber wie ein Verrat vor: Bis zu jenem Tag hatte ich immerzu »Großmutter« wiederholt, und jetzt wollte ich auf einmal nur noch »Mutter« sagen.

Genealogien

I

Wer sind unsere Eltern, was verbirgt sich hinter den Gesichtern derer, die uns gezeugt haben? Von Milliarden Menschen nur zwei, von Hunderttausenden von Spermien nur eins. Bevor wir Kinder unserer Mutter und unseres Vaters werden, sind wir das Ergebnis von Milliarden Kombinationen und – getroffenen oder nicht getroffenen – Entscheidungen, die niemand genau klären kann. Aus welchem Grund dieses Spermium und nicht das etwas weiter rechts? Warum enthält nur dieses die Merkmale, um die Person ins Leben zu rufen, die gebraucht wird? Dabei kann ein Leonardo da Vinci herauskommen, ein Klempner oder auch ein abscheulicher Mörder.

Und wenn wirklich alles vorherbestimmt ist wie im Restaurant auf einer Speisekarte, wenn Leonardo Leonardo werden muss und sonst nichts und das Gleiche für den Mörder und den Klempner gilt, welchen Sinn hat dann unsere ganze Existenz? Bestehen wir wirklich nur aus den Einzelteilen eines Baukastens: auf jeder Schachtel eine Zahl, die den Plan beziffert?

Vielleicht entscheidet dort oben im Himmel jemand – wie eine fleißige Hausfrau: heute vierhundert Klempner, achtzig Mörder und zweiundvierzig Wissenschaftler?

Oder der Himmel ist leer, wie viele Leute sagen, und alles bewegt sich in der Art eines Perpetuum mobile weiter: Die Materie hat in einer fernen Zeit begonnen, sich zu verbinden und kann jetzt nicht mehr aufhören, sondern bringt immer komplexere Formen hervor. Und gerade diese Komplexität hat die große Fiktion angestoßen, dass wir an einen da oben glauben sollen.

Warum werden zwei Menschen, die sich womöglich wenige Stunden vorher noch gar nicht kannten, unsere Eltern? Und zwar durch ein Ereignis, das kaum länger als ein paar Minuten dauert? Ist es unser Schicksal, zur Hälfte der eine, zur Hälfte der andere zu sein, auch wenn wir durch Zufall am anderen Ende der Welt adoptiert werden?

Wir sind auf jeden Fall ein Teil von ihnen.

Sie und ihre Eltern und die Eltern ihrer Eltern und immer weiter hinauf bis in die Verästelungen des ganzen Stammbaums – die Insektenleidenschaft des Großvaters, Großmutters Liebe zum Gesang, der Geschäftssinn des Ururgroßvaters, der Alkoholismus des anderen Großvaters, die Lust mehrerer Cousins und Cousinen, alles in den Ruin zu treiben, die Neigung zum Suizid einiger Onkel, die Spiritismusbesessenheit einer Großtante – all das tragen wir in uns wie eine Zeitbombe: Den Timer stellen nicht wir, er ist am Anfang gestellt worden, ohne unser Wissen. Was uns bleibt, ist einzig, uns bewusst zu sein, dass in uns – von einem Augenblick zum anderen – etwas Unkontrolliertes explodieren kann.

So begegnen sich ein Mann und eine Frau – unter Milliarden von ihresgleichen – an einem bestimmten Punkt ihres Lebens, und nach einem Zeitraum, der je nachdem zwischen wenigen Minuten und einem Dutzend Jahren schwanken kann, reproduzieren sie sich in einem neuen Leben.

Am Ursprung dieser Paarung steht laut den neuesten Untersuchungen wieder der Geruchssinn, wie bei den Zugvögeln.

Die Nase nämlich verrät einem Menschen, dass sich die Geschlechtszellen der Person, die ihm gegenübersteht, mit den seinen vereinigen müssen. Es gibt kein Warum und kein Vielleicht, sondern nur das Gesetz des Lebens, das (anscheinend) verlangt, dass die biologische Qualität über alles andere dominiert.

Deshalb drängt die Nase zur Paarung, denn dieses außergewöhnliche Organ (gesundes Vermächtnis unserer Vorfahren) irrt sich nie, seine Zeitform ist der Imperativ: Tu dies, tu jenes, nur so wird deine Nachkommenschaft noch lange leuchten wie ein Stern.

Die Nase oder der Zufall?

Der biologische Impuls oder die Schwachheit der Menschen mit ihrem unerschöpflichen und unerklärlichen Liebesbedürfnis?

Das einzige Bild, das ich von meinem Vater als jungem Mann besitze – dass er mein Vater ist, habe ich erst später entdeckt –, ist ein Gruppenfoto. Er steht neben meiner Mutter, sie halten ein Glas in der Hand, als wollten sie anstoßen, auf einer Versammlung oder einem Fest, das erkennt man nicht, und sie blickt von unten zu ihm auf mit der gleichen Ergebenheit wie ein Hund zu seinem Herrchen, der Rauch seiner Zigarette mischt sich mit anderem Rauch, der im Raum schwebt. Auf der Rückseite, mit Bleistift vermerkt, ein Datum: *März 1970.*

Dieses Foto lag zwischen vielen anderen Familienfotos in einem großen Pappkoffer, der auf dem Speicher unter einigen Teppichen begraben war. Ich fand auch etliche Briefe, manche mit verschiedenfarbigen Bändchen gebündelt, manche lose in Plastiktüten geworfen, neben Ansichtskarten von Salsomaggiore, Cortina, den Pyramiden, Porretta Terme, außerdem Zugfahrkarten, Eintrittskarten von Museen, Hochzeits- und Geburtsanzeigen, Beileidsschreiben und ganz unten vier oder fünf Hefte und Kalender, die – nach dem Einband zu urteilen – aus verschiedenen Zeiten stammten.

Außerdem hattest du aus Gründen, die nur du entschlüsseln könntest, eine Schachtel mit Sicherheitsnadeln und eine mit Stecknadeln mit bunten Köpfchen aufbewahrt, eine kaputte Schere, eine alte Bonbonschachtel voller Knöpfe in allen Formen und Größen, einen Radiergummi, eine längst ausgetrocknete Tube Klebstoff, eine Schachtel Streichhölzer, einen Prospekt der Società Latinisti Dilettanti, einen Zugfahrplan aus der Nachkriegszeit, ein paar irgendwo ausgeschnittene Kochrezepte und eine Bibel, der die Zeit oder die Mäuse den Einband weggefressen hatten.

Nach der Staubschicht zu urteilen, war dieser Koffer seit Jahren nicht geöffnet worden, du hattest dich bestimmt schon lange nicht mehr hier heraufgewagt, und ich hatte überhaupt noch nie daran gedacht. Der Wunsch, zurückzublicken und die Vergangenheit zu erforschen, entsteht erst, wenn sich das Leben durch etwas Unvorhergesehenes oder Schreckliches ändert: eine Krankheit, eine Leere; erst dann nimmt man die Leiter und fasst Mut, beides ist nötig, um in den Staub hinaufzuklettern und den Koffer zu öffnen: darin befinden sich – geballt – ungesagte Worte, nicht ausgeführte Taten, unbekannte Personen, der winzigste Anlass genügt, um die Gespenster zu entfesseln.

Doch als Erstes kam mir nicht das Gespenst meines Vaters entgegen (damals wäre ich außerdem gar nicht fähig gewesen, ihn zu erkennen), sondern das meiner Mutter. Plötzlich sah ich es, versteckt zwischen einem Tagebuch, einem Packen Briefe und ein paar einzelnen Fotos.

Vorsichtig nahm ich alles in die Hand und ging ins Wohnzimmer hinunter; ich wollte nicht dort oben in ihrem Reich bleiben, dafür fühlte ich mich zu verletzlich. Um so zu tun, als sei ich nicht allein, schaltete ich den Fernseher ein und setzte mich in den Sessel.

Das Tagebuch trug einen Florentiner Pappeinband mit kleinen Lilien. Auf die erste Seite hatte jemand mit rotem Filzstift in Riesenlettern REBELLION geschrieben – dreimal unterstrichen –, gefolgt von einer größeren Anzahl Ausrufungszeichen.

14. September '69
Lobpreisung des Heiligen Kreuzes

Was gibt es an einem Kreuz bloß zu loben und zu preisen? Keine Ahnung! Das Einzige, wofür ich diesen Feiertag lobe und preise, ist, dass er der erste ist, den ich in Freiheit verbringe. Weg von dem Triestiner Mief, weg von dem Gefängnis Familie.

Es war nicht leicht, meine Entscheidung durchzusetzen. Dieselben Fakultäten gibt es auch in Triest, warum Geld für den Umzug in eine andere Stadt ausgeben?

Die Mumie hat aber früher nachgegeben, als ich vermutet hätte, das Zauberwort hieß »Selbstständigkeit«: »Ich will meine Selbstständigkeit auf die Probe stellen!« Sie hat gestrahlt. Wenn es darum geht, hat sie gesagt, bin ich einverstanden. Ich hätte antworten können, dass ich sowieso weggehe. Schließlich bin ich volljährig und mache, was mir passt. Ich habe schon zwei Jahre verloren wegen ihrer geistigen Beschränktheit.

Im Juli bin ich hierher gekommen und habe sofort eine Wohnung gefunden, indem ich auf eine Anzeige am Schwarzen Brett geantwortet habe. Ein echtes Loch, ich teile es mit Tiziana, die aus Comelico kommt und Medizin studiert.

Aber ich bin sowieso kaum zu Hause, ich fühle mich wie ein Hund, der es nach Jahren geschafft hat, über den Zaun zu springen, ich laufe dauernd herum und schnuppere in der Luft, die Augen weit geöffnet vor Staunen, und habe Lust, alles auszuprobieren, alles zu verstehen.

21. September
Großeinkauf – muss für eine Woche reichen!

27. September
Die Hälfte der Lebensmittel, die ich gekauft hatte, ist aus dem Kühlschrank verschwunden. T. gefragt, die alles abstreitet. Streit vermieden.

2. Oktober
Anruf von der M. Als das Telefon klingelt, schlafe ich noch. Sie sagt, die Bora stürmt so heftig, dass sie im Garten einen Baumstamm umgerissen hat. »Was geht mich das an!«, antworte ich und lege auf. Ich weiß genau, dass sie das bloß macht, um mich zu kontrollieren.

13. Oktober
Erste Vorlesung. Die Aula ist gesteckt voll. Ich komme zu spät und muss stehen. Der Professor ist alt und hat den Ruf, ein Faschist zu sein. Während er redet, liegt Spannung in der Luft, Papierkügelchen fliegen hin und her. Als er am Ende das Kursprogramm vorstellt, steht eine kleine Gruppe auf und beginnt, ihn auszupfeifen; ein Großteil der Anwesenden schließt sich an. Verärgert und mit großen Schritten verlässt er unter allgemeinem Gelächter den Raum.

15. Oktober
T. kauft nie ein, sie wartet, bis ich es tue, um zu schmarotzen. Sie ist ein Geizhals, und demnächst sage ich ihr das auch.

30. Oktober
Die M. ruft an, wieder im Morgengrauen, sie muss überzeugt sein, dass das Leben der Studenten dem der Bauern ähnelt. »Jetzt ist doch St. Justus«, hat sie gesagt, »warum kommst du nicht über die Feiertage?« Ich war gnädig und habe geantwortet: »Weil ich lernen muss.« Dann habe ich mich umgedreht und weitergeschlafen.

4. November
Heute beim Aufwachen dachte ich, in welcher Zeit wir leben. Unglaublich. Alles verändert sich so wahnsinnig schnell, es bleibt kein Raum mehr für Heuchelei, Konformismus, Ungerechtigkeit, es ist, als hätten wir alle plötzlich die Augen aufgemacht und begriffen, dass es so nicht weitergehen kann. Schluss mit den Fiktionen! Schluss mit der Versklavung. Die Unternehmer können die Arbeiter nicht mehr ausbeuten! Die Männer können die Frauen nicht mehr aus-

beuten! Die Religion kann die Menschen nicht mehr unterdrücken.

»Freiheit« ist das Wort der Zukunft. Freiheit für die Arbeiter, Freiheit für die Frauen, Freiheit für die Kinder, auch sie dürfen nicht mehr eingesperrt werden in der stumpfsinnigen Härte der Erziehung. Man darf ihnen nicht die Flügel stutzen, nur aus der Spontaneität und der Freiheit kann eine neue Welt entstehen, und wir – tatsächlich wir – werden die Protagonisten dieser revolutionären Veränderung sein!

18. November
Kurs in Sprachphilosophie angefangen. Wird von einem Assistenten abgehalten, der leicht angegraute Schläfen hat, aber dadurch wirkt er noch faszinierender. Der einzige Prof mit Bart. Alle hören ihm aufmerksam zu. Beim Rausgehen habe ich zu C., meiner neuen Kommilitonin, gesagt: »Gar nicht übel, dieser Professor Ancona.« Sie hat etwas hämisch gelächelt: »Glaubst du, du bist die Einzige, die das gemerkt hat?«

2. Dezember
C. hat es geschafft, mich in eine Selbsterfahrungsgruppe mitzuschleppen. Am Anfang war ich etwas verlegen, alle redeten über ihren Körper.

Nur dank der Auflösung des atavistischen Schuldgefühls hatten sie ihn ihrer Meinung nach endlich kennenlernen können und erkannt, welch unerhörte Gewalt ihrer Fantasie angetan worden war durch den Zwang, in der Kindheit nur mit Puppen spielen zu dürfen.

»Die Vorstufe zur Versklavung!«, hat eine von ihnen gerufen, und alle haben Beifall geklatscht.

Als ich an der Reihe war, wusste ich erst nicht, was ich sagen sollte, dann ist mir wie ein Flash eine Episode mit meinem Vater eingefallen: Ich war ungefähr sechs oder sieben Jahre alt und hatte ihm nach dem Essen mit größter Vorsicht den Kaffee ins Wohnzimmer gebracht. »So eine tüchtige kleine Hausfrau!«, hatte er mich lächelnd gelobt.

Jetzt war mir alles klar, ich hatte mit dieser Abstempelung in mir gelebt, mit dieser Last, dieser aufoktroyierten Bestimmung. Und wenn ich nun Neurochirurgin oder Astronautin werden wollte? Meine Worte hatten Aufmerksamkeit und Zustimmung erregt. Zum Teufel mit den tüchtigen Hausmütterchen und allen Flügelstutzern! Nach dem Treffen war mir, als sei ich leichter geworden.

27. Dezember

Damit der Guerillakampf nicht in Krieg ausartet, musste ich an Weihnachten nach Hause fahren. Es war die übliche Ansammlung von verwitweten Freundinnen, depressiven Frauen und entfernten Verwandten da, die nicht wissen, mit wem sie den Weihnachtsabend verbringen sollen, so sitzen wir wenigstens alle zusammen und fühlen uns edel und gut.

Wie gewöhnlich hat die M. das Opfer gespielt, zwei volle Tage hätte sie kochen müssen, hat sie immerzu wiederholt in der Hoffnung auf Beifall und Jubelgeschrei, und genau so war es, wie im Drehbuch vorgesehen: Die Komödie muss zu Ende gespielt werden, ohne je den Text zu verändern. »Wirklich ein wunderbarer Abend, danke, meine Liebe«, Küsschen, Küsschen, »aber das ist doch das Mindeste«, und so weiter in einem widerlichen Getue.

Widerlich war auch der Weihnachtsbaum mit dem ganzen Lametta und noch widerlicher die Krippe, höchster Ausdruck der universalen Gehirnwäsche, die Heilige Familie, die seit zweitausend Jahren die normalen Familien kastriert, die nichts Heiliges an sich haben, aber so tun als ob, die reinsten Giftkelche leeren und lächelnd weitermachen.

Abends im Bett habe ich jedenfalls gedacht, dass die Madonna im Grunde genommen das Sinnbild der Frau der Vergangenheit und am allermeisten ausgebeutet worden ist, weil sie einen Sohn bekommen hat, ohne wenigstens den Sex zu genießen, sie musste nur dem Heiligen Geist in die Augen schauen, um reingelegt zu werden, und schleppt sich jetzt seit beinahe zwei Jahrtausenden mit diesem belämmerten Gesichtsausdruck durch die Gegend.

Deshalb habe ich ihr am Morgen vor der Abreise einen Gefallen getan und an ihren Platz in der Krippe neben dem heiligen Josef einen Zettel gelegt, auf dem stand »Sieh zu, wie du zurechtkommst«, dann habe ich die kleine Figur mitgenommen, damit sie etwas Luft schnappen kann.

Bevor ich in den Bus eingestiegen bin, habe ich sie auf dem Mäuerchen an der Haltestelle deponiert. Hoffentlich findet sie jemand und trägt sie ein bisschen spazieren, damit sie die verlorene Zeit nachholen kann.

31. Dezember

Da T. in ihrem verschneiten Tal geblieben ist, gebe ich heute Abend ein großes Fest. Beim Einkaufen bin ich Professor A. begegnet; als ich ihn sah, hat mein Herz einen Satz gemacht. Ich hätte ihn gerne gegrüßt, war aber zu schüchtern, wahrscheinlich hätte er mich entsetzt angesehen, er kann sich ja nicht an alle seine Studenten erinnern!

Während ich mit dem Einkaufswagen weiterging, hatte ich das Gefühl, er sehe mir nach. Er hat kohlschwarze Augen, und wenn er redet, scheinen sie Funken zu sprühen. Vielleicht habe ich deshalb so eine große Hitze zwischen den Schulterblättern gespürt.

Ade, altes Jahr, wir werden dich mit Rauchwolken aus der Friedens-Wasserpfeife verabschieden.

Mit diesem Eintrag zum Jahresende habe ich das Tagebuch zugeklappt.

Von draußen hörte man irgendwo die Alarmanlage eines Autos, der Fernseher übertrug eine Talkshow, alle redeten und redeten mit ausdruckslosen Gesichtern. Die Bettlaken waren außerordentlich kalt, sosehr ich mich auch zusammenrollte, ich konnte einfach nicht warm werden, durch die angelehnten Fensterläden fiel ein Mondstrahl quer über den Fußboden bis zum Schreibtisch und beleuchtete das Foto von Ilaria.

Bei all meinen Fantasien, Träumen und Vermutungen über meine Mutter war mir das Nächstliegende nie in den Sinn gekommen: dass sie einfach ein junges Mädchen war.

Am nächsten Morgen um neun saß ich schon im Wohnzimmer. Bevor ich das Tagebuch wieder aufschlug, habe ich die Fotos vor mich hingelegt wie die Karten einer Patience: sie allein, sie mit ihren Freundinnen, die von ihr geknipsten Fotos, die Fotos mit Vertretern des anderen Geschlechts. Allerdings waren das nur wenige und zumeist Gruppenfotos.

Eins der Bilder war im Automaten aufgenommen, offenbar im Winter, denn sie trägt Schal und Mütze, neben ihr ein Männergesicht, verdeckt von einer Hand, durch deren gespreizte Finger man nur Augen und Bart erkannte. War das zu Karneval? Ein Spiel? Was bedeutete diese gespreizte Hand? Verweigerung? Reserviertheit? Vielleicht war er verheiratet und wollte sich nicht kompromittieren oder einfach nicht zugeben, dass er Beziehungen zu seinen Studentinnen unterhielt.

Ich verglich dieses Foto mit dem Gruppenbild, auf dem sie miteinander anstoßen: Außer dem Mann mit Bart war neben meiner Mutter noch ein schmächtigerer Junge mit pickligem Gesicht und etwas weiter rechts, in der Hocke wie ein Fußballer, zu Füßen einiger Freundinnen – Carla? Tiziana? – noch ein Typ mit unscharfen Zügen, vorstehenden blauen Augen und einem zu eng um den Hals gewickelten roten Schal.

Konnte ich seine Tochter sein? Oder die von dem mit dem Pickelgesicht? Eigentlich war der Einzige mit Bart der Mann hinter ihr: Ich verglich seine Hände mit meinen, seine Augen mit meinen und begann dann weiterzulesen.

Vorsichtig blätterte ich die Seiten um, wie ein Autofahrer, der beim Einbiegen in eine Straße ein Warnschild gesehen hat – Lawinengefahr, Steinschlag, Bergrutsch –, aber nicht anhält, sondern weiterfährt, den Fuß auf der Bremse, die Hand an der Kupplung zum Herunterschalten, mit klopfendem Herzen, weil das die einzige Straße auf der Welt ist, die er bis ans Ende fahren möchte.

6. Januar
Die Befana, die alte Hexe, die zu Dreikönig kommt, hat mir ein Geschenk gebracht. Widerwillig mitgeschleppt auf ein Fest bei Leuten, die ich nicht kannte, habe ich Professor A. getroffen.

Als ich ihn gesehen habe, bin ich ganz gleichgültig geblieben oder habe zumindest so getan, denn meine Wangen fingen plötzlich an zu glühen, deshalb habe ich mich zur Wand gedreht und mit einer Frau geredet, die ich flüchtig aus einem feministischen Kollektiv kannte, um zu überlegen, wie ich ihn anmachen könnte.

War aber überflüssig, weil er auf mich zukam.

»Ich glaube, wir sind uns schon irgendwo begegnet«, hat er gesagt und mir in die Augen gesehen, während er langsam einen Schluck Weißwein trank.

Ich fürchte, meine Stimme klang viel zu schrill, als mir herausrutschte: »Ja, im Supermarkt!« (so was Blödes!), dann hab ich zum Glück noch hinzugefügt: »Ich bin eine Studentin von Ihnen.«

Daraufhin hat er seinen Arm unter meinen geschoben.

»Interessierst du dich für Philosophie?«

»Sehr.«

Nach dem Fest sind wir noch unter den Arkaden spazieren gegangen bis zu den Kanälen. Nebel stieg auf, und in der Stille der schlafenden Stadt hörte man nur das Flüstern des Wassers und unser beider Atem. Als wir den Platz vor der Antonius-Basilika überquerten – der Prof hatte seinen Arm praktisch um meine Hüften geschlungen –, zog im Osten allmählich die Sonne herauf und beleuchtete Fassaden und Dächer.

»Siehst du«, hat er daraufhin gesagt, »die Philosophie und die Sonne ähneln sich, beide müssen die Nacht vertreiben – die physische Nacht und die Nacht des Geistes –, die den Menschen in einem Meer von Aberglauben leben lässt.«

Vor meiner Haustür haben wir uns verabschiedet.

»Sehen wir uns wieder?«, habe ich gefragt.

Er hat mir geheimnisvoll mit der offenen Hand zugewinkt.

11. Januar
Leider habe ich wieder angefangen, an den Fingernägeln zu kauen. Ich habe seinen Namen im Telefonbuch gesucht, aber da gibt es keinen Massimo Ancona. Ich kann ihn nicht anrufen und weiß nicht, wo er wohnt. Mir bleibt nichts anderes übrig als zu warten …

15. Januar
Um in der ersten Reihe zu sitzen, war ich schon eine Stunde vor Vorlesungsbeginn im Hörsaal, aber er hat mich nicht einmal angesehen, obwohl ich direkt vor ihm saß. Vielleicht wollte er nicht abgelenkt werden, sich vor den anderen keine Blöße geben.

Am Ausgang habe ich auf ihn gewartet, aber eine Rothaarige war schneller als ich, ins Gespräch vertieft sind sie zusammen den Flur entlanggegangen, als kennten sie sich schon lange. Wahrscheinlich eine seiner Doktorandinnen …

25. Januar
Noch zwei Vorlesungen nichts, ich glaube, ich werde wahnsinnig. Oft spaziere ich an dem Supermarkt vorbei in der Hoffnung, ihm zu begegnen. Nichts.

28. Januar
Ein Karnevalsfest jagt das andere, aber ich amüsiere mich kein bisschen. Die Mädchen vom Kollektiv haben sich als Hexen maskiert, ich dagegen hätte mich gern als Skelett verkleidet, so fühle ich mich nämlich ohne ihn, ohne seinen Blick,

einfach tot. Ich gehe nur auf die Feste, weil ich hoffe, ihn zu treffen. Er ist nicht da, und zuletzt halte ich mich am Rauchen fest. Wenigstens vergeht dann die Zeit schneller…

30. Januar
Am liebsten würde ich ihm mitten in der Vorlesung ins Gesicht schreien: Warum siehst du mich nicht mehr an?! Heute Nacht habe ich geträumt, ich täte es, am Morgen war mein Kiefer stahlhart. Mich bei C. ausgeweint. Sie sagt, es handelt sich bloß um Angst, er spürt, dass das Gefühl zwischen uns zu groß ist, zu wichtig, und deswegen hat er Angst weiterzugehen. Ich vermute, sie hat recht.

Warum flüchten, wenn doch noch gar nichts geschehen ist zwischen uns? C. hat mir geraten, den ersten Schritt zu tun. Die Zeiten haben sich geändert, wir können nicht mehr wie hübsche Püppchen abwarten und klagen.

2. Februar
Konnte endlich ein Briefchen in sein Fach im Dozentenzimmer legen. Nach langem Überlegen habe ich geschrieben: Das Licht der Intelligenz verjagt die Finsternis des Aberglaubens, alle Nächte bin ich frei, um gemeinsam den Sonnenaufgang zu erwarten. *Zur Sicherheit habe ich dann noch meinen Namen samt Adresse druntergeschrieben.*

6. Februar
Ich saß irgendwo mitten im vollen Hörsaal, und ich glaube, er hat angefangen, mit dem Blick nach mir zu suchen. Ich habe gelächelt, und mir war, als lächle er zurück.

12. Februar
Illusionen, Illusionen, Illusionen … Vielleicht sollte ich nach Triest zurückgehen, alles aufgeben und anderswo von vorn anfangen oder in Rauchwolken versinken …

15. Februar
C. hat Pillen mitgebracht, sie sagt, wir könnten einen wunderbaren Trip machen, eine Reise ins Feenland, in Welten, die sonst niemand sehen kann. Ich hab gesagt, dass ich mir gerade nur eine einzige Reise wünsche, die in Massimos Arme …

2. März
Es ist passiert! Es ist passiert! Es ist passiert! Magische Wirkung des Frühlings? Wer weiß?! Ist mir auch egal! Wichtig ist, dass es so gekommen ist.

Und ich hab es mir so schwer gemacht! Er hat geklingelt, als ich schon im Bett lag, hab ihm im Pyjama aufgemacht (ein Pyjama mit Teddybären drauf, keine Spur von femme fatale!) und gestottert: »Tut mir leid, ich war nicht …« Seine warmen Hände haben meine Wangen gestreichelt: »Du bist auch so wunderschön!«

15. April
Vielleicht bin ich nur auf die Welt gekommen, um diese Tage zu erleben. Wenn er bei mir ist, ändert sich alles, ich fühle mich riesig, in meinem Geist gibt es keine Ängste mehr, keinen Konformismus, mein Körper wird grenzenlos. Massimo fürchtet Schranken nicht, im Gegenteil, er sucht sie, um sie zerstören zu können.

Ostern zwei Tage zu Hause, wie wenn man auf einem anderen Planeten landet.

Die M. sagt: »Endlich machst du mal gute Miene!«

Die Miene! Das Einzige, was meine Eltern interessiert. Die Miene, die Maske, die Totenmaske.

Wenn sie anders wäre, könnte ich ihr sogar erzählen, was ich gerade erlebe, doch was kann man einer Seezunge mitteilen, die immer im Tiefkühlfach gelebt hat? Ab und zu betrachte ich meine Eltern, beobachte sie in der pneumatischen Leere, die sie umgibt: Sie haben sich nichts zu sagen, empfinden nichts füreinander, ich frage mich sogar, wie es ihnen gelungen ist, mich zu zeugen, ob ich wirklich ihr Kind bin. Ähnele ich ihnen? Oder nicht?

Vielleicht ist er impotent, womöglich haben sie mich adoptiert und trauen sich nicht, es mir zu sagen, doch welche Bedeutung hat das letztlich? Das Wichtige ist, dass mein Leben frei ist, ohne Zwänge, ohne Heuchelei.

Beim Abschied haben sie mir zum ersten Mal beinahe leid getan, die armen vertrockneten Mumien, deren Binden allmählich schon abblättern.

1. Mai

Ich gehe nicht auf die Demonstration, weil mir schwindlig ist. C. sagt, ich müsse einen Test machen. Aber ich solle mich keinesfalls beunruhigen, es loszuwerden sei ganz leicht, meint sie. Das übernehmen die Mädchen vom Kollektiv, und es kostet nichts. Allerdings sagt sie, dass ich nicht zu lange warten darf, sonst muss ich nach London, und alles wird kompliziert. Ich fühle mich sonderbar, wie schwebend, sprachlos. An diese Möglichkeit hatte ich nie gedacht.

3. Mai

Positiv.

Ich stehe abrupt auf, Fotos und Papiere fallen zu Boden. Ich schlüpfe in den Anorak und gehe hinaus, mit großen Schritten wandere ich den ganzen Kamm des Karsts entlang.

Unten glitzert das Meer spiegelglatt, der Berg Nanos hinter mir ist noch schneebedeckt.

Positiv.

Es kann sich nicht um mich gehandelt haben, die Jahreszahlen stimmen nicht überein. Was ist aus diesem Bruder von mir geworden?

Am nächsten Tag ist es sehr mild, und schon im Morgengrauen zwitschern alle Vögel im Chor und veranstalten einen ziemlichen Lärm.

Verglichen mit der lauen Außentemperatur erscheint das Haus wie eine finstere, eisige Höhle, das Tagebuch liegt immer noch auf dem Tisch, im Halbdunkel des Zimmers sieht es so aus, als ginge von den Briefen und Fotos auf dem Boden ein gelbliches Licht aus.

Ich hole mir einen Liegestuhl aus der Garage und stelle ihn unter den großen Pflaumenbaum, der schon über und über blüht und einen zarten Duft verströmt, was Scharen von Bienen und Hummeln anlockt; ihr eifriges Gesumm leistet mir Gesellschaft.

Genau das brauche ich, um weiterzumachen, ich muss Leben und Licht spüren, fühlen, dass wir in einer größeren Welt aufgehoben sind.

12. Mai

Hatte nicht den Mut, in die Vorlesung zu gehen, hatte nicht den Mut, ihm in die Augen zu sehen. Meine Gefühle schwan-

ken von Minute zu Minute, erst scheint mir, ich trage ein süßes Geheimnis in mir – ich möchte einen langen romantischen Spaziergang mit ihm machen und ihm zuletzt, vielleicht vor einem Glas Wein, zuflüstern: Weißt du, wir erwarten ein Kind, und seine Reaktion beobachten, sein Staunen, seine Freude – gleich danach wird es eine schreckliche Last, etwas, das mich erdrückt, mir den Atem abschnürt.

Ich habe Angst vor der Verpflichtung, der Mühe, der Verantwortung: Ich wollte ein Leben ohne Grenzen und Schranken und sperre mich sofort in den einengenden Käfig der Mutterschaft. Und was soll ich zu Hause sagen? Dass ich ein Kind von einem zwanzig Jahre älteren Mann erwarte? Ich könnte mir irgendwas ausdenken, eine romantische Reise, ein Abenteuer in der Türkei, da Massimo qualmt wie ein Türke… Oder ich könnte eines Tages mit ihm zu Hause vor der Tür stehen und sagen: Papa, Mama, das ist der Mann, den ich liebe und von dem ich ein Kind erwarte, und dabei insgeheim denken: Nie und nimmer werden wir so trostlos leben wie ihr!

Vielleicht kann er es auch kaum erwarten, mich seiner Familie vorzustellen. Aber es ist zwecklos, dass ich weiterfantasiere. Zuallererst muss er es erfahren, den Rest entscheiden wir gemeinsam. Auch weil mich Carla jedes Mal, wenn wir uns begegnen, fragt: Und? Als wollte sie sagen, dass ich mich beeilen soll.

20. Mai

Seit zwei Wochen hält er keine Vorlesung. Ich habe etwas herumgefragt, anscheinend ist er krank. Nach meiner Rechnung bin ich, glaube ich, am Ende des zweiten Monats. Von dem süßen Gefühl ist immer weniger übrig, jetzt kommt die Angst durch, und die Wut. Ist er wirklich krank? Oder ahnt er vielleicht etwas und will Zeit schinden? Schon einen Monat lang lässt er nichts von sich hören. Womöglich geht es ihm tatsächlich sehr schlecht, und ich Böse denke mir nur etwas anderes aus.

24. Mai

Carla hat ein außerordentliches Treffen des Kollektivs einberufen, denn »was wäre das sonst für eine Schwesterlichkeit, wenn man die Entscheidungen nicht gemeinsam trifft?«. Am Anfang fühlte ich mich etwas verlegen, mehr als eine Versammlung kam es mir vor wie ein Tribunal, aber dann hat sich die Atmosphäre entspannt, und es ist ein Haufen schöner Sachen rausgekommen. Eine Zeit lang gab es zwei Parteien, die dafür und die dagegen, aber im Lauf der Diskussion haben sich die Positionen verwischt.

Den Sprengsatz hat P. gezündet.

»Um eine Entscheidung zu fällen, müsste man vor allem wissen, ob es ein Junge oder ein Mädchen ist… wir wollen doch wohl nicht einen weiteren Feind in die Welt setzen.« Einige haben applaudiert, andere nicht.

Dann hat sich B. eingemischt: »Im Gegenteil, gerade wenn es ein Junge ist, wäre es angebracht, es zu behalten, wenn wir nicht damit anfangen, den neuen Mann in die Welt zu setzen, wer sollte es dann tun?«

Wieder Beifall, und dann ein Chor: »Ja, wir lassen ihn mit Puppengeschirr spielen und Babypuppen wickeln! Wir bringen ihm bei, dass Aggressivität nicht nötig ist, wir ziehen ihm gelbe und grüne Sachen an, nichts Blaues soll uns ins Haus kommen! Weder blau gekleidete Märchenprinzen noch blaue Strampelhosen!«

»Und außerdem«, schloss C., »müssen wir uns immer an unsere Lehrerin, die Natur, erinnern. Fragen die Löwinnen etwa die Löwen: Möchtest du dieses Junge, mein Schatz, oder nicht? Nein! Sie kriegen das Junge und basta, und sie ziehen es alle zusammen auf, in wahrer Schwesterlichkeit. Weibchen und Junge: So lautet das Gesetz, das die Welt regiert, alles andere ist Geschwätz. Die Männer braucht man nur für ein paar Augenblicke, dann sind sie nicht mehr nötig.« Jubelnde Zustimmung von allen Seiten.

Nur mit Mühe, indem ich die Hand hob, konnte ich mir Gehör verschaffen und habe die Wahrheit gesagt: »Genossinnen! Ich … ich weiß nicht, was ich tun soll … ich weiß nicht, ob ich es behalten will.«

Plötzlich herrschte große Stille im Zimmer.

»Im einen wie im anderen Fall musst du selbst entscheiden, unsere Aufgabe als Schwestern ist nur, zu dir zu stehen. Wenn du es behalten willst, machen wir es wie die Löwinnen und ziehen es gemeinsam auf, wenn du es loswerden willst, werden wir dir ebenfalls helfen, L. und G. haben einen Kurs besucht, sie machen das schon sehr gut …«

Mit diesem Satz war die offizielle Versammlung beendet, und endlich sind aus den Handtaschen die Joints zum Vorschein gekommen.

5. Juni

Ich bin ins Sekretariat gegangen und habe nach ihm gefragt.

»Professor Ancona nimmt seine Lehrtätigkeit erst nächstes Jahr wieder auf«, wurde mir mitgeteilt.

Ich hatte die Geistesgegenwart zu sagen, ich sei eine Doktorandin von ihm und müsse ihn unbedingt sprechen. Doch vielleicht bin ich rot geworden, denn die Sekretärin hat mich etwas misstrauisch angesehen.

»Können Sie sich nicht mit seinem Assistenten beraten?«

Oh, nein …«

»Dann schreiben Sie ihm, und geben Sie den Brief im Sekretariat ab.«

Die folgenden Seiten des Tagebuchs waren voll mit durchgestrichenen Sätzen, wahrscheinlich wiederholte Versuche, die richtigen Worte zu finden. Ab und zu tauchten zwischen Filzstiftstrichen und blauem Gekritzel einige Fetzen auf, wie Fische, die durchs Netz geschlüpft sind. *Liebe* konnte man irgendwo lesen, und woanders *Verantwortung. Was tun? Kind behal.* und darunter dreimal, in Druckschrift und mehrfach unterstrichen: *VERZWEIFELT, VERZWEIFELT, VERZWEIFELT*.

Bevor sie den Brief schrieb, musste sie viele Anläufe genommen haben: Schließlich war er Professor für Sprachphilosophie. Als ich diese Bruchstücke las, bekam ich den Eindruck, dass sie sich fürchtete, die falschen Worte zu wählen, jeder Satz war voller Unsicherheit geschrieben, wie von jemandem, der an Schwindelanfällen leidet und gezwungen ist, am Rand einer Schlucht zu gehen. Der Abgrund war die Entscheidung für oder gegen ein Leben.

Während sie an den Versammlungen teilnahm, während sie beklommen zur Uni rannte, während sie rauchte oder wahrscheinlich weinend im Bett lag, wuchs in ihrem Körper allmählich mein Bruder (oder meine Schwester) heran; geschickt und unbeirrbar teilten sich die Zellen und setzten sich zu dem zusammen, was eines Tages sein Gesicht sein sollte; das Kind entwickelte sich, und sie war unentschieden, ob sie es wachsen lassen sollte oder nicht, ihre Macht über das Baby war total. Während ich ihre Zeilen las, empfand ich keinerlei Feindseligkeit oder Verachtung für sie, instinktiv wollte ich sie nur beschützen, als wäre die ganze Verzweiflung, die Einsamkeit und lachhafte Gutgläubigkeit direkt in meine Adern übergegangen und hätte sich in unendliches Mitleid verwandelt.

Die Mittagssonne war inzwischen unerträglich heiß, das Summen der Insekten um die Blüten dröhnend; als ich das Tagebuch gerade zuklappen wollte, fiel eine Hummel auf die Seiten, die Hinterbeine beladen mit Blütenstaub, und behutsam half ich ihr weiterzufliegen.

Wo die Hummel aufgekommen war, hatte sie einen goldenen Rand hinterlassen, darunter stand:

Entschieden.

In drei Tagen bei B. zu Hause.

Tiziana hat von der Höhe ihres Medizinstudiums herab gesagt: »Bist du verrückt? Sie werden dich umbringen!«

Ich habe geantwortet: »Wäre vielleicht auch besser.«

Danach waren zwei Seiten herausgerissen, und dann hatte sie mit nervöser Schrift notiert:

Ich schwanke zwischen Erleichterung und Betäubung, in der folgenden Nacht hatte ich einen Traum. Ich weiß nicht genau, wo ich mich befand, nur, dass ich an einem bestimmten Punkt ein Stück ungebackenes Brot gegessen habe, das in meinem Bauch zu gehen anfing. Alle, die ich traf, fragten mich: Na, guter Hoffnung? Nein, antwortete ich, das ist nur die Hefe, die weitergärt, aber noch während ich es sagte, war ich mir gar nicht mehr so sicher.

Beim Aufwachen fühlte ich mich seltsam, also habe ich B. angerufen: »Bist du sicher, dass alles gut gegangen ist?« Sie hat mich beruhigt: ein perfekter Eingriff. »Und außerdem«, hat sie hinzugefügt, »hab ich es dir doch in der Schüssel gezeigt, erinnerst du dich nicht?«

Irgendwie hatte ich den Eindruck, sie sei beleidigt, dass ich ihre Fähigkeiten angezweifelt hatte, deshalb habe ich in scherzhaftem Ton gesagt: Und wenn du es gemacht hättest wie die philippinischen Heiler? Ein paar Hühnerleberchen und voilà, schon ist das Problem beseitigt?« Wir haben gelacht, und die Spannung hat sich gelöst.

Einige Tage lang empfand ich das Bedürfnis, mich von den Erinnerungen an meine Mutter fernzuhalten. Ich konnte die Last jener Jahre nicht mehr ertragen.

Um mich zu reinigen, um die Schlacken loszuwerden und die Schatten abzuschütteln, bin ich lange über die Hochebene gewandert.

Im Gebüsch versteckt zwitscherten Amseln und Grasmücken ihre Liebeslieder, das zartgrüne junge Laub verlieh der Landschaft rundum Glanz, während über den mit Löwenzahn, Gänseblümchen und Krokussen übersäten Wiesen eine Unzahl von emsigen Insekten summte. Ab und zu streckte ich mich in der feuchten Tiefe der Dolinen aus: Von dort bewunderte ich die Kronen der Büsche und Bäume, während im Gegenlicht die Spinnen an unsichtbaren Seidenfäden auf und ab kletterten und die Holzkäfer wie violette Gemmen durch die Luft brummten.

Dann wieder überkam mich das Bedürfnis, hinaufzugehen bis zu einer Stelle, an der mein Blick sich am Horizont verlieren konnte.

Während ich zwischen den Dolinen und dem Kamm der Grenzhöhen wanderte, dachte ich an meinen Bruder – oder meine Schwester –, der nicht die Möglichkeit bekommen hatte, geboren zu werden. Hätte seine Existenz meine Mutter gerettet oder ihre zerstörerische Neigung beschleunigt? Würde es mich überhaupt geben, fragte ich mich, wenn er auch da gewesen wäre? War sein Ende irgendwie die Möglichkeit meines Anfangs? Gibt es außer unserem Willen, unserer Zerbrechlichkeit, unseren in jedem Fall beschränkten Plänen noch einen oder etwas, der oder das den großen Kreislauf der Geburten beherrscht? Die Abtreibung hätte misslingen können, so wie meine Mutter andererseits mich hätte verlieren können, etwa wenn sie auf der Treppe gestolpert wäre, als sie mich erwartete.

Ich stieg die steinigen Pfade hinauf und hinunter: Bei meinem Vorübergehen raschelten die Blindschleichen, die in der Sonne die letzte Starre des Winterschlafs lösten, zwischen den Sträuchern, und die Eidechsen huschten davon. Wenn eine Schlange geboren wird, sagte ich mir, oder eine Schermaus, oder eine Krähe, können sie sich auf keine Art und Weise von ihresgleichen unterscheiden, außer durch die Fähigkeit, so lange wie möglich auf der Welt zu bleiben. Ein Tier (so außerordentlich komplex es auch sein mag) kann nur mehr oder weniger erfolgreich den Plan erfüllen, der im Erbgut seiner Gattung vorgesehen ist, aber der Mensch? Kann der Mensch etwa nicht immer einen anderen Weg einschlagen? Und ist es nicht vielleicht dieser Abgrund an Möglichkeiten, der uns bestürzt, der uns die Ohnmacht unserer Betrachtungsweise vor Augen führt? Wer wäre mein Bruder gewesen? Und ich, aus welchem Grund war ich auf die Welt gekommen? Um wer zu werden?

Auf diesen langen Wanderungen schöpfte ich die Kraft, meine Nachforschungen fortzusetzen. Eines Morgens beim Aufwachen hörte ich den Regen an die Fensterscheiben trommeln: Nachts war düster die Bora aufgezogen, die Temperatur war gefallen, und der Wind blies recht heftig und hüllte den Garten in herbstliches Licht. Nur die vielen weißen Blütenblätter unter dem Pflaumenbaum und dem Kirschbaum erinnerten daran, dass Frühling war.

Nach dem Frühstück kehrte ich langsam auf den Dachboden zurück. Ein alter geblümter Vorhang lag über einem Berg von Schachteln und Kartons, einige mussten Likör und Pralinen enthalten haben, andere waren nur anonyme, mit Paketband verschlossene Pappkisten. Mithilfe des Taschenmessers öffnete ich eine davon: Sie enthielt den Weihnachtsschmuck, ich musste mehrere Meter Silberband entrollen, bevor ich die Krippe fand; der Stall war weder antik noch besonders schön: zwei Wände aus Kork und eine Stiege, die zu einer Art Heuboden unter dem Dach führte. Innen lagen, die Beine nach oben gestreckt, Ochs und Eselchen und quer dazu der heilige Josef und die Muttergottes; in einem anderen Säckchen steckten die Krippe, die Schafe und die Lämmer. Ich habe mein Lieblingsfigürchen wiedergefunden: ein altes Gipsschaf mit gebrochenem Bein und einem roten Schleifchen um den Hals. Das versteckte ich jedes Jahr am Weihnachtsabend irgendwo im Haus; es war das verlorene Schaf, und in den Zimmern blökend, zwang ich dich, es zu suchen.

Vom Jesuskind keine Spur, es musste ganz unten in der Schachtel gelandet oder in der Adventszeit in einer Tasche geblieben sein. Im Behälter daneben blinkten die wenigen Glaskugeln, die Jahrzehnte von Weihnachten überlebt hatten.

Die Kisten darunter enthielten die verschiedenen Käfersammlungen des Großvaters: kleine Glaskästen mit Samtboden, auf dem die Insekten mit langen Stecknadeln festgesteckt waren, jedes akkurat in deutlicher Schrift mit seinem lateinischen Namen versehen. Als ich sie vorsichtig verrücken wollte, stolperte ich über eine Plastiktüte, die heruntergefallen war. Sie trug den Aufdruck »Staatspolizei« und war mit Isolierband versiegelt: Eine Umhängetasche aus Stoff schien darin zu sein. Für einige Augenblicke beschleunigte sich mein Herzschlag. Was konnte das anderes sein als die Tasche, die meine Mutter im Moment des Unfalls dabeigehabt hatte?

Ich riss die Umhüllung mit den Fingernägeln auf. Die Tasche hatte keinen Reißverschluss, sondern nur einen Knopf, der schon offen war: innen fand ich ein Portemonnaie mit wenigen tausend Lire, die Mitgliedskarte eines alternativen Filmklubs, einige Dinare, ein Zugabonnement für die Strecke Triest–Padua und, von einem durchsichtigen Umschlag geschützt, ein verblasstes Polaroidfoto von mir auf dem Arm eines Mannes am Strand. Der Unbekannte mit langen, zerzausten Haaren und einer Muschelkette um den Hals lächelte in die Kamera, während ich mit meinem Eimerchen in der Hand sichtlich gereizt war: Entweder hatte ich gerade geweint oder war kurz davor.

Nach dem zu urteilen, was ich im Hintergrund sah, mussten wir in der Bucht von Sistiana sein.

Außer dem Portemonnaie gab es noch einen längst ausgetrockneten Kugelschreiber, ein Päckchen Zigarettenpapier, ein Maschinchen zum Zigarettendrehen, die Hausschlüssel, ein Kunstseidentuch, einen Lippenstift, Raucherbonbons und in einer Innentasche verborgen zwei Briefe. Der erste war an meine Mutter adressiert und wenige Monate vor meiner Geburt aus Padua abgeschickt worden.

Die Handschrift war klein, gleichmäßig und hatte etwas Kantiges.

Liebe Ilaria,
ich habe deinen Brief bekommen und antworte sofort, denn ich will dich weder umsonst warten lassen noch schädliche Illusionen in dir wecken.

Wenn ich nur ein bisschen scheinheiliger wäre, wenn die Zeiten nicht wären, wie sie sind – Zeiten der Enthüllung der Wahrheit –, könnte ich dich belügen und behaupten, ich sei verheiratet und hätte keine Absicht, wegen eines Abenteuers von einem Monat meine Ehe zu gefährden.

Doch ich sage dir lieber offen und ehrlich, dass ich keine Kinder will. Weder Kinder noch Ehefrauen noch Verlobte, nichts, was meine Freiheit irgendwie einengen könnte. Ich will nichts dergleichen, weil mein Leben eine Forschungsexpedition ist und ein Forscher nicht mit Ballast reist.

Aus deinen Worten, die manchmal – Verzeihung – etwas zu sentimental klingen, höre ich dagegen heraus, dass es für dich nicht so ist, dass du noch große Illusionen hegst. Andererseits bist du, auch wenn seit unserer ersten Begegnung mehrere

Jahre vergangen sind, immer noch sehr jung, und das Destillat aus bürgerlicher Wohlanständigkeit (und Gefühlsduselei), das du mit der Erziehung aufgenommen hast, ist noch unberührt. Trotz deiner libertären Einstellung sehnst du dich im Grunde nur nach dem ewigen Schlager von zwei Herzen in einer Hütte, womöglich in der revolutionären Variante »ich und du und unser Nachwuchs unterwegs zur Sonne, zur Freiheit«.

»Wir werden eine andere Welt aufbauen«, schreibst du mir, »es ist an uns, ein Beispiel zu geben, wie man auf neue Art Beziehungen lebt, ohne Unterdrückung, ohne Ausbeutung, ohne Gewalt. Wie man Kinder kreativ aufzieht und in Freiheit als Paar zusammenlebt.«

Kurz und gut, deiner Meinung nach müssten wir uns als junge Pioniere aufspielen, und du bist überzeugt, dass es dir – uns – auf diese Weise gelingen würde, uns der Borniertheit des bürgerlichen Schicksals zu entziehen, dieser schleichenden Agonie, die die Ehe bisher für alle bedeutet hat.

Das lasse ich dir nur durchgehen, weil du so naiv bist. Andererseits hat mir ja – wie könnte ich es leugnen – genau das vom ersten Moment an besonders an dir gefallen. Deshalb – und wegen unserer kurzen Liaison – fühle ich mich verpflichtet, dir einige Denkanstöße zu bieten.

In deinem Brief kommt sehr oft das Wort »Liebe« vor. Hast du dich je wirklich gefragt, was sich hinter einem so abgedroschenen und missbrauchten Wort verbirgt? Ist dir nie der Zweifel gekommen, dass es sich um ein Bühnenbild handelt, eine Papierkulisse, um dem Stück den passenden Rahmen zu geben? Hauptmerkmal der Kulissen ist aber, dass sie sich bei jedem Szenenwechsel ändern.

Das Wesen der Dramaturgie liegt nicht in diesem bemal-

ten Pappmaché – die Illusion des Bildes hilft uns zu träumen, die Pille als etwas weniger bitter zu empfinden –, doch wenn wir uns selbst gegenüber ehrlich sind, können wir nicht abstreiten, dass wir ein einfaches Kunstmittel vor uns haben, eine Fiktion.

Die Liebe – die deine Fantasie so angeheizt hat – ist nichts weiter als eine subtile Form von Gift. Es wirkt langsam, aber unerbittlich und kann mit seinen unsichtbaren Ausdünstungen jedes Leben zerstören.

Warum?, fragst du dich jetzt mit deinem verlorenen Blick.

Weil man eine Sache erst kennen muss, um sie zu lieben. Kann es einem Menschen in seiner Komplexität je gelingen, die Komplexität eines anderen Menschen zu kennen? Die Antwort liegt auf der Hand: absolut nicht. Darum kann man nicht wirklich lieben, weil man nichts wirklich kennen kann.

Du hast einen winzigen Bruchteil von mir kennenlernen können, so wie ich mit einem winzigen Bruchteil von dir in Berührung kommen konnte. Wir haben uns gegenseitig unser Bestes geschenkt, den Teil, von dem wir wussten, dass der andere nicht würde widerstehen können.

Das Gleiche passiert mit den Blumen. Um zur Bestäubung Insekten anzulocken, zeigen sie sich in herrlichsten Farben, ist aber der Akt erst vollzogen, fallen die Blütenblätter ab, und von der verflossenen Pracht bleibt recht wenig übrig.

Es ist ein Naturgesetz, es hat nichts Empörendes an sich. Alle Paarungen erfolgen durch verschiedene Formen der Verführung – jede Art hat ihre eigene –, von der Blume bis zum Menschen. Aber genauso, wie die Biene nicht zur Blume sagen kann »ich liebe dich«, können auch wir nicht schamlos lügen und behaupten, dass wir uns lieben. Im Zuge der neu-

en Ehrlichkeit ist das Einzige, was wir einander sagen können (wie die Biene zur Blume und umgekehrt): »Ich brauche dich.«

Vor Jahren, in einem für mich schwierigen Augenblick meines Lebens, habe ich dich gebraucht, um ein paar Monate voller Frische zu verbringen. Auch du hast mich damals gebraucht – hoffe ich wenigstens –, damit dir die Augen aufgehen über einige komplexe Fragen, abgesehen natürlich von der unbestreitbaren Lust, die unsere Körper einander gegeben haben. Und Lust ist – über den Genuss als solchen hinaus – auch ein außerordentlich subversives Mittel. Dir nach Jahren wieder zu begegnen hat die fantastische körperliche Anziehungskraft zwischen uns bestätigt.

Was ich bisher gesagt habe, gilt folglich auch für die Empfängnis eines Kindes. Die Blüten, die sich mit Blütenstaub befruchten lassen, empfinden bestimmt keine Lust, sie machen es, um ihr Überleben sicherzustellen, damit es auch in Zukunft Blumen ihrer Art gibt.

Der gleiche Mechanismus bestimmt auch den Menschen. Trotz der Komplexität unseres Geistes wollen sich unsere Körper nur fortpflanzen. Es ist ihnen, wie den Blumen, völlig gleichgültig, ob wir uns lieben oder nicht, oder ob der Orgasmus überwältigend war – man kann sehr wohl auch nach einer Vergewaltigung oder einem vorzeitigen Samenerguss geboren werden. Von zweihundertfünfzig Millionen Spermien gewinnt immer nur eines den Wettlauf – das beste, stärkste, glücklichste, gemeinste, egal. Wichtig ist nur, dass das Leben sich reproduziert, sich tradiert. So ist es auch dir ergangen. Es ist ein Naturgesetz.

Ehrlich gesagt müsste ich dir ein bisschen die Ohren lang ziehen. Warum hast du keine Gegenmaßnahmen getroffen?

Hast du – romantisch und verträumt, wie du bist – noch an den Storch geglaubt? Oder war es etwa gar nicht so unbewusst, sondern in voller Absicht, genau das, was du wolltest – eine Schlinge, eine Kette, um mich endgültig an dich zu binden?

Da deine Konditionierung so tief und archaisch ist, merkst du es wahrscheinlich gar nicht, aber in Wirklichkeit willst du, genau wie viele deiner Freundinnen, bloß die Gewissheit einer Zukunft in der Zweierbeziehung. Manche Männer lassen – angesichts eurer biologischen und kreatürlichen Erpressung – alle Vorsicht fahren und geben nach. Sie tun es aus Schwäche, aus Banalität, aus angeborener und nie überwundener Furcht vor dem Tod. Wer kann ihnen die Ewigkeit garantieren, wenn nicht ein Kind?

Viele geben nach, aber ich nicht. Der Gedanke, dass das Kind, das in dir wächst, nicht nur ein Unbekannter, sondern auch ein Tyrann sein wird, der den ganzen Tag an unserer Energie zehrt, ein Schmarotzer, der imstande ist, ohne das mindeste Schuldgefühl diejenigen zu verschlingen, die es in die Welt gesetzt haben, verbietet mir auch das kleinste Schwanken. Ich werde es nie kennenlernen und daher nie lieben können. Auch dir wird das nicht gelingen, obwohl du es im Schoß getragen hast. Eines Morgens wirst du aufwachen und erkennen, dass du dir einen Fremden ins Haus gesetzt hast und dass dieser Fremde das Gesicht eines Feindes hat.

Nachdem ich dies gesagt habe, will ich dich in keiner Weise beeinflussen. Wie sagt ihr immer auf den Demonstrationen: »Mein Bauch gehört mir.« Mach, was du willst. Wenn du es behalten willst, behalte es; wenn du abtreiben willst, habe ich nichts einzuwenden. Beide Entscheidungen sind mir vollkommen gleichgültig.

Du sollst nur wissen, dass ich, wenn du eines Tages mit einem kleinen Bündel im Arm vor mir auftauchen würdest, in keiner Weise gerührt wäre noch meine Überzeugungen revidieren würde.

Ich bin dir dankbar für die schönen gemeinsamen Stunden, für die Philosophie, für die Poesie, für den Sex und für die Arglosigkeit, mit der du mich immer angesehen hast.

M.

Mein Vater und der Vater meines verlorenen Bruders waren also dieselbe Person. Dieselbe schändliche Person.

Ich zweifelte inzwischen kaum noch daran, was der andere Umschlag, der weiße, enthielt. Ich habe nur flüchtig darauf gesehen und die Schrift erkannt, die mir mittlerweile schon vertraut war.

Jedes deiner Worte hat mir bestätigt, was ich schon immer gewusst habe. Die Kinder gehören nur den Müttern, die Väter beschränken sich aufs Befruchten, damit ist ihre Geschichte zu Ende.

Bald werden sie gar nicht mehr nötig sein, ein Spender und eine Spritze werden genügen, dann wird es endlich vorbei sein mit der peinlichen Geschichte der Familie, dem Ballett der Verstellung, das so viele Generationen das Gleichgewicht gekostet hat.

Zu Hause in Triest leben wir zu vielen zusammen, mir wird es weder an Hilfe noch an Gesellschaft fehlen. Das Kind wird ohne Scheuklappen aufwachsen, ohne Heuchelei, es wird nie gezwungen sein, in seinem Zimmer ein Plakat aufzuhängen, auf dem steht: Die Familie ist so luftig und anregend wie eine Gaskammer.

Es wird ein freies Kind sein, das einer ebenso freien Welt entgegengeht, ohne Verzerrungen, ohne die Unterdrückung durch Patriarchat, Kapitalismus und Kirche.

Es wird sich nicht fürchten und keine Ängste haben, weil es in der ursprünglichen Güte aufwachsen wird, die im Herzen jedes Menschen wohnt. Und seine Seele wird so groß sein, dass ich sie vielleicht wirklich nie ganz kennen werde, doch im Gegensatz zu dir beunruhigt mich das weder, noch verunsichert es mich in meiner Entscheidung.

Das ist ja die Herausforderung, Wesen in die Welt zu setzen, die vollständiger sind als wir. Wenn es uns nicht gelingt, mit Waffen Revolution zu machen, dann wenigstens, indem wir unsere Kinder anders aufziehen.

G. sagt, dass irgendwo im Himmel geschrieben stand, dass unsere Existenzen sich auf jeden Fall begegnen und in einem neuen Leben vereinen mussten. Auch wenn du es nicht akzeptierst, in irgendeiner Konjunktion der Gestirne stand unser Schicksal und das unseres Kindes schon geschrieben. Um diesen Plan zu verwirklichen, verfolgen wir einander wahrscheinlich schon seit mehreren Leben, und da du dich weigerst, dich fortzupflanzen, wird dein Karma sehr lang und verheerend sein. Wahrscheinlich wirst du in einem Tier wiedergeboren: Ich sähe dich gut als Reptil (mit deinem kalten Blut, das durch jede Zelle deines Körpers und deines winzigen Gehirns strömt) oder als Mandrill mit einem Maul, das so rot leuchtet wie sein Hintern.

Unvermeidlich wird dein Kind dir ähneln, es wird deine Augen haben, deine Hände oder deine Art zu lachen, aber für mich wird es ganz es selbst sein und du nur eine Nummer im Versandhauskatalog. Wenn es mich nach dir fragen wird, werde ich ihm von einer wunderbaren und unmöglichen Lie-

be erzählen, die ich eines Nachts an einem fernen Strand erlebt habe... Ich werde es von seinem Vater träumen lassen.

Zum Glück gibt es G. in meinem Leben. Ich weiß nicht, was ich ohne ihn gemacht hätte. Entgegen deinen sarkastischen Bemerkungen ist er kein neuer Liebhaber, sondern ein einzigartiger, mir sehr wichtiger Mensch. Er hilft mir dabei, die Teile des Durcheinanders, das ich in mir habe, wieder zusammenzusetzen. Nur er hat die Geduld, sie wieder zu kleben, um jedem Bruchstück einen Sinn zu geben. G. kann sehen, wo die anderen nichts sehen, er kann im Gewirr von Straßen und Gassen unseres Lebens den Weg aufspüren, der uns zur Rettung führt.

Ich habe es dir nie gesagt, aber auch vor Jahren war ich von dir schwanger. Du hast es nie erfahren, weil das Kind, sobald es die Größe einer Kaulquappe erreicht hatte, in einer Kloschüssel gelandet ist. Ich habe alles allein gemacht, ohne irgendwen zu fragen. Im Augenblick schien mir das Ereignis kaum von Bedeutung zu sein, erst jetzt, während ich in den Ruinen grabe, ist mir bewusst geworden, wie entscheidend diese Geschichte in Wirklichkeit dazu beigetragen hat, mein Haus so instabil zu machen. Wahrscheinlich war es schon gefährdet wegen des schlechten Materials, aus dem es gebaut war: Hinter mir stand meine Mutter mit ihrer bürgerlichen Borniertheit, mein Vater, ein farbloser Mann, der mir nur laue Zuneigung entgegenbrachte, die ich mit einem noch kühleren Gefühl erwiderte: ein Käfer unter Käfern, der Käfer aus der Verwandlung, *der sich unter dem Bett verkriecht.*

Aber ich will dich nicht mit diesen bürgerlichen Lappalien anöden.

Damals habe ich unser Kind weggeworfen, weil ich Angst hatte. Angst vor der Verantwortung, vor der Verpflichtung, ich fürchtete, ich müsse auf meine Jugend verzichten, wäre noch nicht reif, um für die Revolution zu kämpfen, wäre dir nicht gewachsen, könnte dich enttäuschen. Ich habe dich angelogen, als wir das erste Mal miteinander geschlafen haben: Ich hatte nicht die Pille genommen. Und vielleicht habe ich auch deswegen abgetrieben, weil ich Angst hatte, du würdest mich auslachen wegen meiner Lüge.

Warum hast du mich die letzten Male nie danach gefragt?

Laut G. ist die Antwort klar: Unbewusst wünschst auch du dir ein Kind. Du spielst dich als Herodes auf, um deine Angst zu kaschieren, aber jetzt, nachdem ich deinen Brief gelesen habe, sind mir deine Ängste egal. Mein Bauch wächst Tag für Tag, und es ist, als wäre eine kleine Sonne da drin: Sie ist warm und leuchtet und hilft mir weiterzumachen.

Ich werde dieses Kind austragen: Ich bin dreißig Jahre alt und kann nicht mehr warten, ich bin nicht mehr das naive Mädchen, das du beschreibst und das in seinen gut aussehenden Professor verknallt ist.

Jetzt geht es darum, eine verantwortungsvolle Entscheidung zu treffen, und als erwachsene Frau will ich Mutter werden. Ich habe keine Anstellung, aber eine Wohnung in Triest (ein Geschenk meiner bürgerlichen Eltern, und ich habe mich gehütet, es abzulehnen). Einstweilen arbeite ich an meinem Unbewussten, und das ist nicht wenig. Ab und zu kann ich ein paar Nachhilfestunden geben, und wenn meine Eltern in die andere Welt eingehen, werde ich auf jeden Fall mit einem Einkommen rechnen können. Beruhige dich also, du wirst nie die jämmerliche Szene erleben, dass ich mit einem Kind auf dem Arm zu dir betteln komme.

Weißt du, was G. sagt? Dass jeder von uns einen Faden in

der Hand hält, der uns zu unserem Stern führt. Jeder von uns hat einen Stern am Himmel, und unser Schicksal ist es, zu lernen, ihm zu folgen. Der Stern ist wie ein Drachen, unser Schicksal steht in seiner Spur geschrieben, und wenn wir den Faden loslassen, ist alles verloren, es bilden sich Verwicklungen, ein Sternenknäuel.

Genauso lautet der Titel seines wichtigsten Buches, Sternenknäuel. *Dir sind diese Dinge vollkommen egal, ich weiß, doch wenn du deinen Stern nicht suchst, wenn du ihm nicht folgst, so wisse, dass er sich dann früher oder später in den Fäden anderer Sterne verwickeln wird, es wird unmöglich, ihn zu entwirren, er wird beginnen zu verlöschen, bis er verschwunden ist.*

Der Stern ist eine kleine Sonne, doch wenn sein Licht verbraucht ist, wird er kalt und eisig. Und in diesem unheimlichen Schein wirst du deine Schritte lenken, während mein Kind und ich glücklich hinter dem Regenbogen unserer Drachen-Sterne herlaufen.

Om Shanti, Om Shanti, Om Shanti.

Einen Moment lang hatte sich beim Lesen ein matter Schleier über meine Augen gesenkt: Die Worte tanzten wirr, und auch meine Hände zitterten.

Die Träume meiner Mutter stimmten in keinem Punkt mit meinen Erinnerungen überein. Das, was sie Freiheit nannte, war für mich als Kind nur Orientierungslosigkeit gewesen, ein Durcheinander. Nie waren wir glücklich dem Regenbogen entgegengelaufen. Ihr Stern hatte im Zeichen der Zerstörung gestanden: Die geringe Kraft, die sie aufgebracht hatte, um sich zu retten, hatte mich in einen Zustand tiefster Verstörung gestürzt.

Mit der Behutsamkeit, mit der man archäologische Fundstücke behandelt, die nach Jahrhunderten ans Licht kommen, habe ich die beiden Briefe wieder in der Tasche verstaut. Ruhet in Frieden, sagte ich mir, ruht euch aus, glühende Pfeile, bereit, mein zartes Inneres zu durchbohren.

Während ich das dachte, berührten meine Hände einen zerknitterten Zettel am Grund des Beutels. Es war ein unsanft aus einem Notizbuch herausgerissenes kariertes Blatt. Aus welcher Zeit stammte dieses neue Fundstück?

Das Datum war Mai, das Jahr ihr Todesjahr.

DU HAST MICH MEIN LEBEN LANG AN DER NASE HERUMGEFÜHRT!, hatte sie in riesigen Druckbuchstaben geschrieben.

Und auf die Rückseite in fahrigen Strichen einen Brief gekritzelt:

Verzeih, verzeih mir, dass ich dich auf die Welt gebracht habe.

Ich habe einen Fehler nach dem anderen gemacht, ich habe das ganze Leben in unterirdischen Gängen gewühlt wie ein Maulwurf, ohne etwas zu sehen, bin im Kreis gerannt wie eine Maus.

Es gab keinen Horizont, es gab keine Zukunft.

Ich war dafür geboren, in einer Sackgasse zu leben, nun bin ich am Ende der Straße angekommen.

Verzeih mir, wenn du kannst.

Wenn du es nicht kannst, auch gut, ich umarme dich fest und küsse dich auf die Stirn.

Die Unterschrift – *Ilaria* – war zweimal schwarz durchgestrichen, etwas darunter stand in großen, leicht kindlichen Buchstaben

Deine Mama.

Welches Geräusch macht das Herz, wenn es zerspringt? Dumpf klatschend wie ein nasser Schwamm, oder zischt es wie ein vom Regen aufgeweichtes Feuerwerk?

Ich hätte gern mehr darüber erfahren, doch das war nicht möglich. Nun musste ich mich ganz auf mein Gedächtnis verlassen, auf die wenigen, schwach aus der Frühzeit meines Bewusstseins auftauchenden Ahnungen, aber diese Tür war vor zu vielen Jahren geschlossen worden. Mein Leben – das Leben, das ich kannte – hatte ich mit dir verbracht, in deinem Haus, alles, was vorher geschehen war, hatte sich aufgelöst, als wäre ich erst mit vier Jahren auf die Welt gekommen.

Zu diesen Jahren zurückzukehren und Dinge zu entdecken, die ein Kind vielleicht niemals erfahren möchte, hatte jedoch den Schleier von meinem Gedächtnis gerissen, so wie wenn man – nach langer Abwesenheit – die schützenden Tücher von den Polstermöbeln nimmt.

Als Erstes fiel mir ein Geruch wieder ein, ganz genau. Geruch nach Zigarettenrauch, gemischt mit dem von verbranntem Haschisch, in einem geschlossenen Raum. Wäre ich ein Zugvogel gewesen, wäre ich ihm gefolgt, um zum Nest zurückzukehren. Mein Nest war die Wohnung meiner Mutter in Triest gewesen, eine Art Wohngemeinschaft, wo ständig viele Menschen aus und ein gingen. Ich krabbelte zwischen auf dem Fußboden sitzenden oder liegenden Frauen und Männern herum wie in den Gängen eines Labyrinths.

In dem Koffer hatte ich nur zwei Fotos aus jener Zeit gefunden. Auf dem ersten saß ich mit schmollendem, verschmiertem Gesicht in einem roten Pullover auf dem Arm meiner Mutter, während sie mit langen Haaren und tiefen Ringen unter den Augen meine Hand hob, um mich jemandem zuwinken zu lassen. Das zweite Foto stammte von meinem dritten Geburtstag. Auch darauf sah man viele Leute auf dem Boden sitzen und mich in der Mitte vor einem dunklen, unförmigen, von drei Kerzen beschienenen Ding, das die Torte sein musste. Hinter mir hing – wie eine Girlande – eine Klopapierrolle, auf der mit Filzstift geschrieben stand: *Alles Gute zum Geburtstag.*

Ich hatte keinerlei echte Erinnerung an diese beiden Ereignisse, von jenen ersten Lebensjahren war mir nur eine Art Geräuschkulisse im Sinn geblieben, ein Gewirr von Stimmen und lautem Krach, ab und zu vom peinigenden Klang eines Instruments überlagert, das ich später als Sitar erkannte und das mich zum Weinen brachte.

Ich fürchtete mich vor diesem Ton, genau wie ich mich davor fürchtete, allein zu bleiben, wenn alle auf dem Boden einschliefen, während die Sonne hoch stand und ich meine Mutter schüttelte, die sich, anstatt die Augen zu öffnen, umdrehte und weiterschlief.

Ich hatte Angst vor dem Sitar und vor meiner Mutter, denn sie war oft völlig außer sich, ein anderer Mensch, dann packte sie Dinge und zerbrach sie, rannte mit dem Kopf gegen die Wand, traktierte die Türen mit Fußtritten.

Vielleicht hat dieser Schrecken ihr Gesicht aus meinem

Gedächtnis gelöscht. In jedem Augenblick konnte die Wirklichkeit explodieren, in tausend Stücke zerspringen, und die Zündung der Lunte hatte irgendwie mit mir zu tun.

Abgesehen von der Bestürzung und der Angst erinnere ich mich auch, dass in jenen Tagen etwas Kleineres und, bezogen auf ein Kind, Verheerenderes in mir aufkam: ein Gefühl des Mitleids. Ja, es war Mitleid, dieser Knoten im Hals, der mich zum Weinen brachte, während sie erschöpft am Boden lag und ich mich ihr ängstlich und zärtlich näherte, um ihr Gesicht zu streicheln.

2

Konnte ich meinen Vater weiter ignorieren, so wie er mich? Das fragte ich mich in jenen Tagen ständig, ohne eine Antwort zu finden.

Als Jugendliche hatte ich viel über ihn fantasiert. Ungefähr mit neun Jahren hörte ich auf, an dein Märchen vom türkischen Prinzen (wie auch an den Nikolaus) zu glauben, doch ich dachte weiter an ihn und schuf mir Tag um Tag mein persönliches Mosaik. Dazu benutzte ich Steinchen in den strahlendsten Farben: Wenn er sich nie gemeldet hatte, musste es selbstverständlich eine Schwierigkeit geben, ein so ernstes Hindernis, dass es seine – oder sogar meine – Existenz bedroht hätte.

Aus welchem anderen Grund würde ein Vater sich sonst bewusst entscheiden, seine Tochter nicht aufwachsen zu sehen? In meiner Einbildung spielten sich die fantasievollsten Szenarien ab, von internationaler Spionage (nur ein Spion hätte nicht riskiert, seine Identität preiszugeben) bis zu modernster Wissenschaft (wahrscheinlich war mein Vater Biologe, Chemiker, Physiker und arbeitete an Forschungsprojekten von außerordentlicher Bedeutung für die Zukunft der Menschheit), deshalb musste er fern von allen zudringlichen Blicken in einem Bunker leben und auf die Liebe seiner Tochter verzichten.

Kinder wollen auf ihre Eltern stolz sein, schade, dass die Eltern das nicht erkennen. Im besten Fall haben ein Vater und eine Mutter eine Vorstellung, wie ein Kind sein sollte, und handeln so, dass alles dieser Idee entspricht. In weniger glücklichen Fällen sehen sie nichts außer sich selbst und leben weiter, ohne den unablässig auf sie gerichteten Laserstrahl zu bemerken, den Blick, der durch Mauern dringt und Distanzen überwindet, unerbittlich, durstig, hungrig, fähig, sie in jedem Teil der Erde aufzuspüren, ihnen in den Himmel oder in die Hölle zu folgen, bereit, alles zu riskieren, alles zu verlieren, einen Blick, der, seit er sich auf die Welt geöffnet hat, nur eines verlangt: einen anderen Blick, der ihm antwortet.

Jedes Kind kommt mit einem angeborenen Bedürfnis zu staunen auf die Welt, es will die Augen auf etwas richten, was es bewundern kann, will auf den Gipfel eines Berges geführt werden und die Pracht betrachten, das wechselnde Licht, den Schnee, das Schimmern der Gletscher, das Adlerweibchen, das von oben majestätisch seine Jungen beschützt, wie es auch die Menscheneltern tun sollten.

Doch die Landschaft, die sich am Horizont vieler Kinder auftut, ist oft nichts als eine Müllkippe unter freiem Himmel, voller Autowracks, kaputter Stühle, ins Gras geworfener Boiler und Badewannen, an Ästen hängender Plastiktüten und gestorbener Fernseher, eine einzige Wüste aus Trostlosigkeit und Unordnung. Und dennoch gelingt es manchen Kindern, auch dort noch etwas zu finden, was sie bewundern können – vielleicht eine Murmel –, dann leuchtet für einen Sekundenbruchteil die Welt ganz ohne Schatten in ihren Händen.

Um dem Kummer nicht nachzugeben, klammert sich ein Kind an alles und jedes – Indizien, Zeichen, die sich vergrößern und verbreitern können, bis sie die ganze Szene überdecken. Der inquisitorischen Begabung eines Kindes auf der Suche nach Gründen, seine Erzeuger zu bewundern, kann kein Detektiv oder Wissenschaftler das Wasser reichen.

Ein betrunkener Vater (über den du, wenn du zur Schule gehst, womöglich hinwegsteigen musst, weil er da auf dem Boden liegt) ist nicht böse, im Gegenteil: Er hätte auch wütend nach Hause kommen und dich treten können, stattdessen hat er beschlossen, einzuschlafen und dich in Ruhe zu lassen. Die Mutter, die (nachdem sie dich tagelang vernachlässigt hat) nach Hause kommt und dir ein Omelett macht, ist eine gute Mutter: Sie hätte auch nicht kochen, sondern sich in ihr Zimmer einschließen können, sie hat ja sowieso keinen Hunger, und du bist ihr egal, doch sie öffnet den Kühlschrank, nimmt die Eier heraus, schlägt sie in die Pfanne und blickt dir womöglich in die Augen und fragt, ob du deine Hausaufgaben gemacht hast, denn du bist das Wichtigste in ihrem Leben.

Jahrelang hatte ich meinen Vater in einen imaginären Luftballon verpackt, den ich überallhin mitnahm: Mit dem ruhigen Lächeln eines Buddha thronte er darin, umkränzt von Blütenblättern – erhaben und unerreichbar. Ich war überzeugt, dass der Luftballon irgendwann zerplatzen und mein Vater endlich zur Erde herabsteigen und mich in die Arme schließen würde.

Der Luftballon war zwar geplatzt, aber anstelle des gelassenen, unerschütterlichen Buddhas war Professor Ancona herausgefallen, mit seinem Bart, seinen Zigaretten, seinen scheinbar vernünftigen, in Wahrheit aber messerscharf schneidenden Worten.

In jenen Tagen völliger Einsamkeit las ich seinen einzigen Brief an meine Mutter wieder und wieder. Im ersten Augenblick kam es mir so vor, als könnte ich einige seiner Anschauungen teilen – zum Beispiel die Liebe zur Erkenntnis oder den Wunsch, ungebunden zu sein, um freier durch die Welt zu gehen und sich Fragen stellen zu können: Er ist ein großer Geist, sagte ich mir, im Grunde hat er das Recht, sich nicht an den Alltag zu binden, aber ich war noch in dem Luftballon-Syndrom gefangen, ich wollte auch etwas von mir in ihm wiederfinden.

Als ich den Brief einige Tage später erneut durchlas, erschienen mir die Dinge plötzlich ganz anders, es war, als hätte – zwischen den Zeilen – eine chemische Reaktion stattgefunden, als schwitzten die ebenen, wohlgesetzten, gewichtigen Worte eine grünliche, saure, zersetzende Substanz aus, die die wahre Natur des Schreibers enthüllte. Paternalismus, Spott und Zynismus lagen darin. Meine Mutter wurde als armes junges Mädchen aus einem Kitschroman hingestellt – verführt und beim ersten Betriebsunfall verlassen; die Situation, der Rahmen waren anders, sicherlich, aber »untendrunter« (wie er es nannte) war es immer dieselbe Geschichte: Die Frau verliebt sich – und träumt –, während der Mann sich amüsiert und spielt.

Jahrelang hatte ich mir die Begegnung mit meinem Vater, unsere erste Umarmung ausgemalt, doch diese wenigen Seiten hatten jede Zärtlichkeit und Bewunderung hinweggefegt und nur Wut übrig gelassen. Ich fühlte mich als Frau gedemütigt, als Tochter meiner Mutter (und folglich auch als seine Tochter), Frucht jener Degeneration, nicht

Generation, die mich durch eine Laune des Zufalls in die Welt gesetzt hatte.

Jetzt wusste ich, dass ich ihn bei unserer ersten Begegnung anspucken würde. Ich wollte ihn aufsuchen, o ja, aber nicht aus Zuneigung oder Neugier, sondern einzig, um den Ärger rauszulassen, den ich in mir aufsteigen fühlte, um ihm alle Dinge ins Gesicht zu schreien, die meine Mutter ihm hätte sagen müssen und für die ihr der Mut gefehlt hatte.

Eines war sicher (und für mich tröstlich): Trotz seines Freiheitsdrangs und seines hohen Selbstwertgefühls war er nicht geworden, was er sich erhofft hatte, sonst hätte ich seinen Namen schon irgendwo gelesen. Er musste ein kleiner oder mittelgroßer Fisch geblieben sein, der sich sein Leben lang in dem kleinen, geschützten Aquarium der Universität und der Fachpublikationen versteckt hielt. Einige Tage später in einer Buchhandlung erhielt ich die Bestätigung dafür – in einem aus dem Englischen übersetzten epistemologischen Essay stand: *Mit einem Nachwort von Professor Massimo Ancona.*

Ihn aufzuspüren war nicht schwierig. Ich rief den Verlag an und bat um seine Adresse, man antwortete mir freundlich, aus Datenschutz-Gründen seien sie nicht befugt, sie mir zu geben, doch könne ich ihm einen Brief an die Verlagsadresse schreiben, den sie dann weiterleiten würden.

Also griff ich zu Papier und Stift und schrieb ihm. Ich stellte mich als junge, schüchterne Philosophiestudentin vor, voller Bewunderung für die Komplexität seines Werks.

Könnten wir uns treffen?

Die Antwort ließ nicht auf sich warten, er wohnte nicht weit von Triest. Er dankte mir, die Komplimente abwehrend, und fügte an, wir bräuchten keinen Termin auszumachen, denn er sei außer sonntags jeden Nachmittag zu Hause. Es genüge, wenn ich klingelte und an der Sprechanlage »Elena« sagte, dann werde er mir öffnen.

Elena war der Name, den ich gewählt hatte, um mich vorzustellen, beim Nachnamen hingegen hatte ich mich für den deiner Mutter entschieden, ich wollte nicht das Risiko eingehen, dass auch nur der geringste Verdacht aufkommen und die Begegnung zunichte machen könnte.

So bestieg die »Studentin« Elena an einem eisigen Tag bei heftiger Bora den Autobus nach Grado, um ihren Vater kennenzulernen. Sie machte sich auf den Weg wie der Wolf aus *Rotkäppchen*, wie der Menschenfresser aus dem *Däumling*, wie all die Märchenwesen, die beißen und Schmerz zufügen können. Aber auch wie ein Kind, erfüllt von naiver Spannung und der Hoffnung, dass die Geschichte einen anderen Verlauf nehmen möge, denn die erwartungsvoll offenen Arme waren immer noch da, in ihr ausgebreitet wie die Scheren einer Riesenkrabbe.

Mit welchem Gefühl sah ich der Begegnung entgegen, in dem halb leeren Bus, der mich Richtung Meer brachte?

Furcht? Wut? Wut ganz bestimmt, aber vielleicht mehr Furcht. Vor den Fenstern flog die flache, triste Landschaft vorbei, gerade waren wir an den Kränen der Werften von Monfalcone entlanggefahren und ließen schon die Isonzo-Mündung hinter uns; am Himmel zog ab und zu mit langsamem Flügelschlag ein Reiher vorüber. Vielleicht überwog die Furcht, denn nach so vielen Überlegungen und strategischen Erwägungen zum Angriff war ich gar nicht mehr sicher, ob ich den Mut finden würde, den Klingelknopf zu drücken, die Treppe hinaufzugehen und meinem Vater in die Augen zu sehen, ohne dass mein Blick Gefühle und Emotionen verriet, wie Odysseus bei der Heimkehr nach Ithaka, einen Augenblick bevor er die Freier tötete.

An der Haltestelle war ich die Einzige, die ausstieg. Ein älterer Radfahrer kam unsicher schwankend die menschenleere Straße herauf.

Trotz des Namens – Grado Pineta – gab es in dem Ort nur wenige Pinien, die meisten halb kahl und eingezwängt in ein Karree von baufälligen Häusern mit poetisch anspielungsreichen Namen: *Sirene, Ammonshorn, Meerstern, Nausikaa.*

Während der langen Wintermonate hatten sich in den Vorgärten alle möglichen Flaschen, Papierfetzen, Bierdosen und vom Wind hergetragene Abfälle angesammelt.

Zur Zeit des Wirtschaftsbooms war dies ein beliebter Ort für Zweitwohnungen gewesen, doch jetzt glich er einer abgetriebenen Galeone. Schon vor längerer Zeit hatte die salzige Meeresluft ihr Zersetzungswerk an Verputz und Holz begonnen, viele Fensterläden hingen lose herunter, etliche Rollos waren zerbrochen. *Villa Luisella* stand auf einem schiefen, durchlöcherten Schild vor einem verfallenen Bungalow. Während des Winters hatte sich offensichtlich jemand den Spaß gemacht, es als Zielscheibe zu benutzen. Hinter dem Gittertor auf dem Rasen lag ein Fahrrad mit nur einem Reifen.

Was hatte Professor Ancona an solch einen Ort verschlagen? Ich konnte es mir nicht erklären. Nach einigen fruchtlosen Versuchen fand ich dann endlich die Straße und die Hausnummer.

Via del Maestrale 18.

Vor mir erstreckte sich ein Wohnblock, gespenstisch wie alle anderen, ein wenig freundlicher nur durch einen kleinen Portikus, der im Sommer wahrscheinlich Geschäfte beherbergte (ich stellte sie mir vor, vollgestopft mit Schlauchbooten und Wasserbällen, Sonnencremes und Liegestühlen, Sandeimerchen und Schäufelchen; jetzt aber waren sie geschlossen, und hinter den traurigen eisernen Rollgittern erkannte man leere Warentische, eine Staubschicht, eine zerfledderte Zeitung auf dem Fußboden.

Massimo Ancona. Es war einer der wenigen Namen auf dem Klingelbrett. Ich durfte nicht mehr zögern, jeder Sekundenbruchteil verwandelte sich in Zweifel. Und aus dem Zweifel brach sich übermächtig die Gewissheit Bahn, dass es – für mein Leben und auch für seines – viel besser wäre, auf dem Absatz kehrtzumachen und in die Dunkelheit zu verschwinden, aus der ich gekommen war.

»Elena«, sagte ich in die Sprechanlage.

»Fünfter Stock.«

Meine Hand drückt die Glastür auf, meine Augen nehmen einen Rettungsring wahr, weiß und orange hängt er in der Eingangshalle (für den Fall, dass der Häuserblock untergehen sollte?), beschriftet mit dem Namen der Wohnanlage – *Die Najaden* –, ich nehme den Aufzug, dann öffnet sich eine Tür, und ich stehe vor meinem Vater.

3

Muffiger Geruch nach kaltem Rauch, Halbdunkel. Weiße Möbel wie in einer Ferienwohnung am Meer, schlecht schließende Schranktüren, das Laminat aufgequollen von der Feuchtigkeit. Überall Bücher, lose Blätter, auf dem Boden eine zugedeckte alte Schreibmaschine, ein geöffneter Laptop – die einzige Lichtquelle –, Zeitungen, Zeitschriften, eine Flasche Whisky, daneben ein vom vielen Anfassen stumpf gewordenes Glas. Auf einem zum Sofa umfunktionierten kurzen Bett eine schmutzige Steppdecke.

In der Mitte des Zimmers er.

Dasselbe Gesicht wie auf dem Foto, nur etwas aufgedunsener, schwarze Haare, grau melierter Bart, flammende Augen, der Körper immer noch mager, aber leicht hinfällig, wohl wegen des Bauchs, der gegen die Hemdknöpfe drückt, als wollte er sie sprengen.

»Was für eine freudige Überraschung an einem sonst so melancholischen Nachmittag!«

»Angenehm, Elena«, sagte ich, bevor ich mich auf dem klapprigen Schlafsofa niederließ.

Ohne viel von mir und meinem Studium zu erzählen, worüber ich gebührend im Ungefähren blieb, brachte ich ihn zum Reden. Er schien nur darauf gewartet zu haben.

Der Mann war offenbar sehr allein, den Kopf immer voll Gedanken, er konnte es kaum glauben, dass es jemanden gab, der ihm zuhörte.

Die Neugier hatte über die Wut gesiegt. Ich versuchte, ihn mit den Augen meiner Mutter zu betrachten, was hatte sie beeindruckt? Welche Gefühle mochte er in ihr geweckt haben, dass ihr Schicksal auf so tragische Weise davon beeinflusst wurde?

»Du wirst dich wundern«, fuhr er in seinem langen Monolog fort, »dass ich beschlossen habe, an einem so grauenhaften Ort zu leben, vielleicht hättest du mich lieber in einem Loft in einer alten, umgebauten Fischhalle in Venedig besucht, mit Stilmöbeln und alten Stichen an den Wänden, aber das, verstehst du, wäre noch einmal bloß Konvention gewesen, ich hätte mich einem vorgefertigten Modell angepasst – der Philosophieprofessor in seinem natürlichen Habitat –, und genau das will ich nicht, in die Schuhe schlüpfen, die mir ein anderer hingestellt hat. Entwurzelung beinhaltet auch dies – die Vorposten des Nichts zu kolonisieren. Ich gehe dorthin, wo sich niemand sonst je hintrauen würde, und weißt du, warum? Weil ich keine Angst habe. Das ist alles. Da ich nicht in der Lüge einer Bindung lebe, fürchte ich mich vor nichts. Es ist die Fiktion, die uns anfällig macht. Wir müssen uns mit Dingen und Gegenständen und Trugbildern überhäufen, um die Angst in Schach zu halten, aber dieses Ansammeln bringt nicht etwa Erleichterung, sondern löst eine noch größere Angst aus, die vor Verlust. Je mehr Bindungen wir haben, desto mehr leben wir in Panik, die Personen sterben oder verlassen uns, die Dinge gehen verloren oder kaputt oder werden gestohlen, und auf einmal stehen wir völlig nackt da. Nackt und verzweifelt. Natürlich waren wir schon immer nackt, aber wir taten so, als wüssten wir es nicht, merkten es nicht, und wenn wir es dann entdecken, ist es oft zu spät, um sich in Sicherheit zu bringen. Wie kannst du dich retten, wenn du dich an nichts klammern kannst, wirst du dich fragen. Du rettest dich, indem du nicht handelst – besser gesagt, indem du im Einklang mit dem Nichts handelst. Das Nichts geht uns voraus, das Nichts wird unser Vorübergehen zudecken. Im Nichts liegt die Weisheit des Erscheinens und Verschwindens, deshalb müssen wir uns dem Nichts anvertrauen wie einer großmütigen Amme … *Die Vorposten des Nichts kolonisieren* ist auch der Titel des Aufsatzes, an dem ich gerade arbeite …«

Die Zeit verging, und es gelang mir nicht, seinen Redefluss zu unterbrechen. Bis zum letzten Bus hatte ich noch eine Stunde Zeit. Ich wusste nicht, wie ich das Thema angehen sollte.

Zum Glück stand er irgendwann auf, um sich noch einen Whisky einzuschenken, und mein Blick fiel auf einen herrlichen Perserteppich, die einzige Antiquität in der Wohnung.

Ich zeigte darauf und fragt: »Und woher stammt der?«

»Findest du, er deute auf einen Widerspruch hin? So ist es tatsächlich … Mein Vater handelte mit Teppichen, das ist einer der letzten, die mir geblieben sind.«

»Ein Erinnerungsstück?«

»Nein, mein Safe. Etwas, das ich im Notfall verkaufen kann.«

Statt sich auf den Stuhl zu setzen, nahm er neben mir auf dem Bettsofa Platz, die Sprungfedern quietschten unter seinem Gewicht. Eine Weile blieben wir schweigend so sitzen; nicht weit weg hörte man verzweifeltes Hundegebell. Dann nahm er meine Hand und begann, sie zu betrachten.

»In der Antike glaubte man, die Hand eines Menschen spiegle alle Eigenschaften seiner Seele … In deiner sehe ich Intelligenz und Adel des Denkens … Sie ist meiner sehr ähnlich.«

Unsere Hände lagen auf meinem Bein nebeneinander. Meine zitterte ein wenig.

»Sie ähneln sich, weil ich Ihre Tochter bin«, habe ich gesagt, mit einer Stimme, deren Ruhe mich selbst verblüffte.

Zum Bellen des Hundes waren die Flüche eines alten Mannes hinzugekommen, der vergeblich versuchte, das Tier zum Schweigen zu bringen.

Professor Ancona rückte sofort von mir ab.

»Soll das ein Scherz sein?« – Seine Stimme schwankte zwischen Beunruhigung und Amüsement – »Oder ein schlechtes Theaterstück?«

»Padua, siebziger Jahre. Eine Studentin von Ihnen …«

Er stand auf, um mein Gesicht genauer zu betrachten.

»Wunderbare Jahre, die Mädchen stürzten sich in meine Arme wie Bienen in die geöffnete Blüte.«

»Die Enthüllung der Wahrheit.«

Ein hartes Licht trat in seine Augen, machte sie stumpf und löschte die Vielfalt ihrer Reflexe aus.

»Wenn du mir Vorwürfe machen willst, sage ich dir gleich, dass du an den Falschen geraten bist.«

»Keinerlei Vorwurf.«

»Was willst du dann? Eine Entschädigung? Geld? Wenn

es darum geht, kann ich dir höchstens einen Teppich geben.«

»Ich brauche kein Geld und will auch keine Teppiche.«

»Angenommen, du bist wirklich meine Tochter, wieso bist du dann bis hierher gekommen?«

»Aus Neugier. Ich wollte dich kennenlernen.«

»Sich voll und ganz zu kennen ist unter Menschen unmöglich.«

»Aber Neugier ist ein Zeichen von Intelligenz.«

»*Touché!*«

Es blieb kaum noch Zeit bis zur Abfahrt des Busses, während ich meine Jacke anzog, hat er die Wohnungstür geöffnet und gesagt: »Komm ruhig wieder, wann du willst. Nachmittags bin ich immer hier, morgens solltest du lieber anrufen, weil ich häufig weggehe.«

Nach diesem ersten Besuch fuhr ich drei Monate lang jede Woche zu ihm. Oft gingen wir am Strand spazieren, die Badesaison war noch fern, und auf dem Sand faulten Haufen von Algen, die an sonnigen Tagen stark rochen und Scharen von immer hungrigen Silbermöwen anlockten.

Bei Ebbe zog sich das Meer weit zurück. Manchmal mussten die Rentner zum Fischen fast bis zum Horizont hinaus, um Venus- und Jakobsmuscheln zu finden.

Häufig begegneten uns Jogger: athletische Jünglinge oder Männer mit zu dickem Bauch, schweißgebadet auch im Winter.

An den milderen Tagen setzten sich oft auch Liebespaare auf die Baumstämme, die Sturmfluten an Land geworfen hatten.

»Weißt du, warum alle Liebespaare so gern aufs Meer blicken?«, hat mich mein Vater einmal gefragt, indem er auf ein umschlungenes Paar deutete. »Weil sie überzeugt sind, ihre Liebe sei so grenzenlos wie der Horizont. Kurz gesagt, sie setzen eine imaginäre Linie mit einem imaginären Gefühl gleich.«

Er ließ keine Gelegenheit aus, mir die Täuschungen der sichtbaren Welt zu erläutern. Maya (laut der vedischen Philosophie Indiens die große kosmische Illusion) hält uns in ihrem Zaubernetz gefangen, aus dem nur wenige Erwählte herausschlüpfen und entfliehen können, indem sie endlich die Augen öffnen. Alle anderen sind gezwungen, den Schatten nachzujagen.

»Liebe kann nicht nur ein Schatten sein«, habe ich erwidert.

»Aber natürlich. Sie ist der Schatten der Partialität. Siehst du, ich bin jetzt froh, mit dir am Strand spazieren zu gehen, ich unterhalte mich gern mit dir über viele Dinge, aber ist das Liebe? Nein, ich finde nur Gefallen an der Kenntnis eines Teils. Da du sagst, du seiest meine Tochter, liebe ich an dir den Widerschein meiner Intelligenz, das, was ich an mir kenne und in dir wiederfinde. Wenn du aber andere Wesenszüge angenommen hättest (zum Beispiel die irgendeiner bornierten Tante aus meiner oder deiner Familie), wenn du ein törichtes Mädchen wärst, das nur für Talkshows und die neumodischsten Hosen lebt, hätte ich dich sofort vor die Tür gesetzt und auch meine Telefonnummer geändert, um nicht mehr auffindbar zu sein. Besitz interessiert mich nicht, sondern vielmehr, ein Zeichen zu erkennen, eine Spur, die sich geheimnisvoll von Generation zu Generation fortsetzt. Genau deshalb –

damit es nicht um Besitz geht – habe ich dich freigegeben. Versuch nur, dir vorzustellen, du hättest von Anfang an gewusst, dass du die Tochter von Professor Ancona bist. Automatisch hättest du auf vorgefertigte Verhaltensmuster reagiert und dich womöglich verpflichtet gefühlt, Klassenbeste zu sein. Oder du hättest aus Widerspruchsgeist vielleicht alles getan, um so blöd wie möglich zu erscheinen und dir auch noch die Augenlider zu piercen, wärst wie ein Schaf jeder grässlichen Mode gefolgt, nur damit ich vor Wut wahnsinnig werde. So dagegen bist du ohne Vorbedingungen aufgewachsen und zu dem geworden, was du wirklich sein solltest, keine Treibhauspflanze, sondern ein Baum, der einzeln und majestätisch inmitten einer Lichtung wächst, und das alles hast du mir zu verdanken, weil ich mich versteckt und entzogen habe. Glaub nicht, dass es nicht auch meinerseits ein Opfer war, ich musste ja auf die tausend kleinen Freuden verzichten, die Vätern zustehen, aber ich wollte dir nicht die Flügel stutzen, verstehst du? Ich wollte lieber, dass deine wertvolle Erbsubstanz sich unverbogen zeigt, ohne Beeinträchtigungen, denn letztlich ist dies unser Kern: Jahrtausende hindurch hat sich unsere DNS entrollt und in ihren Windungen das Geheimnis unserer Überlebensfähigkeit geborgen: Du lebst, überlebst, stirbst; es ist alles dort festgelegt, in diesen Mikrometern von Materie.«

An jenem Tag war die Sonne warm, wir haben uns auf ein an Land gezogenes Tretboot gesetzt und die Jacken ausgezogen. Mein Vater hat sich eine Zigarette angezündet. Mein Blick fiel auf einen toten Kormoran unweit von uns; ein Raubvogel musste ihm den Kopf abgefressen haben, und die Fliegen schwärmten um den Halsstumpf;

wenn ich ihn weggeschoben hätte, hätte ich die Totengräber schon bei der Arbeit gefunden.

Mein Vater hatte mich noch nie nach meiner Mutter gefragt, nicht, wer sie war – ob sie eine von den vielen Mädchen war –, und nicht, was aus ihr geworden war. Das kam mir seltsam vor.

»Meine Mutter ist gestorben«, habe ich gesagt, ohne ihn anzusehen.

»Ach ja?«

»Vor beinah zwanzig Jahren. Ich war vier.«

»Das ist auch eine Art Glück. Und wie?«

»Bei einem Autounfall. Ich weiß nicht viel darüber. Ich glaube, sie hat es nicht mehr ausgehalten, und irgendwie …«

Der Rauch der Zigarette stieg in regelmäßigen Ringen vor seinem Gesicht auf. Er seufzte tief.

»Genauso ist es … das Gen der Naivität bringt häufig einen Fehler mit sich.«

»Welchen?«

»Den der Selbstzerstörung.«

Einmal hat er mich nach dem Spaziergang in der Altstadt zum Essen eingeladen, in eine Trattoria, bei der er vermutlich Stammgast war, denn der betagte Kellner redete ihn mit »Professor« an, als er uns an den Tisch begleitete.

»Sie werden denken, du bist meine neueste Eroberung«, hat mein Vater geflüstert, während er sich setzte.

»Seit wann interessierst du dich dafür, was die anderen sagen?«, hätte ich am liebsten erwidert, aber ich habe den Mund gehalten.

Von der Wand hinter ihm starrte mich aus einem Ölgemälde ein Betrunkener an: Er hatte eine leere Flasche vor sich, den Hut schräg auf dem Kopf, und zwei Tränen rannen ihm übers Gesicht. Auf dem Bild daneben wachte eine riesige orangerote Sonne über zwei weiße Pferde, die, Nüstern an Nüstern, aufgebäumt miteinander rangen, ob aus Konkurrenz oder aus Liebe, war unklar. Im Grunde, hätte mein Vater gesagt, ist es dasselbe.

»Nimm Fischsuppe mit Polenta«, schlug er mir vor.

»Nein, ich möchte lieber gebackene Calamari.«

Während wir warteten, brachte man uns Vorspeisen und Weißwein. Zum ersten Mal sah ich meinen Vater essen. Ich dachte, er würde es mit souveränem Anstand tun wie alles Übrige, doch zu meiner großen Überraschung verschlang er alles gierig, mit gesenktem Blick und flinken Fingern, als hätte er schon länger nichts mehr zu sich genommen.

Bis dahin hatte er mir noch keine einzige Frage zu mir und meinem Leben gestellt. Als ich ihn so über seinen Teller gebeugt beobachtete, kam mir der begründete Verdacht, dass es ganz gleich gewesen wäre, wenn eine Schaufensterpuppe oder eine Pappfigur an meiner Stelle gesessen hätte. Doch schließlich wollte ich etwas von ihm wissen, also habe ich ihn während des zermürbenden Wartens auf das Hauptgericht über seine Familie ausgefragt.

Die Mutter stammte aus Rhodos, und der Vater, Bruno Ancona, handelte mit Teppichen; eigentlich hatte er Betriebswirtschaft studiert und das Teppichgeschäft vom Schwiegervater geerbt: Als er sich entscheiden musste, ob er in einer Versicherungsgesellschaft arbeiten oder auf der Suche nach den besten Stücken den Orient bereisen sollte, hatte er die zweite Möglichkeit vorgezogen. Sie lebten in Venedig, wo er, Massimo, 1932 geboren wurde.

Kurz vor Erlass der Rassengesetze hatten sie sich nach Brasilien eingeschifft und eine Kiste Teppiche in Sicherheit gebracht. Die Mutter hatte mit allen Kräften versucht, sich dem zu widersetzen: Ihre Canasta-Freundinnen waren alle noch da, es gab keinerlei Grund zur Beunruhigung.

Sie waren schließlich Italiener. Italiener wie alle anderen.

Während der ganzen Überfahrt hatte ihr Mann ihre Klagen über sich ergehen lassen müssen. »Du hast zu viel Fantasie«, sagte sie immer wieder, »und deine Fantasie wird uns in den Ruin treiben.«

Das Elend nahm selbst in Saõ Paulo kein Ende. Alles war zu viel für sie: Es war zu feucht, zu heiß, zu schmutzig, zu ärmlich, es gab zu viele Schwarze und, das Allerschlimmste, niemanden, mit dem man Canasta spielen konnte. Sie hatte noch zwei Jahre durchgehalten und war dann krank geworden und gestorben.

»Alles in allem eine dumme Frau«, kommentierte mein Vater. »Sie war sehr schön, dunkles Haar, Augen wie glühende Kohlen, aber dumm.«

Bruno dagegen war gar nicht dumm, und ein Jahr nach dem Tod seiner Frau heiratete er eine hübsche Kreolin und setzte eine Menge farbiger Kinder in die Welt.

Er, Massimo, hatte sich nach Kriegsende vom Vater geben lassen, was ihm zustand, und war nach Europa zurückgekehrt. Er hatte ihn nie mehr gesehen noch je wieder von ihm gehört, er wusste nicht einmal, ob er noch lebte.

»Auch das«, sagte er, gierig an einer Krebsschere saugend, »hat keinerlei Bedeutung. Die Vergangenheit lässt sich nicht ändern, und auf die Zukunft haben wir keinen Anspruch. Was es wirklich gibt, ist die Gegenwart. Nur der Augenblick ist wichtig.«

Als ich an jenem Abend nach Triest zurückkehrte, verfolgte mich der Geruch nach Frittiertem bis ins Haus. Ich war müde und wollte nur noch schlafen gehen, musste mich aber doch erst duschen. Ich befürchtete, dass die Trostlosigkeit in der Nacht in mich eindringen und sich mit meiner Trauer mischen würde.

4

In der folgenden Woche habe ich ihn nicht besucht.

Sein Reden hatte sich auf meine Gedanken gelegt wie Staub auf Möbelstücke, war in die Ritzen, die Freiräume eingedrungen und hatte sie verdüstert; das war nicht der übliche harmlose Schmutz, der sich mit einem Tuch oder einem Darüberpusten beseitigen lässt, sondern übel riechender Feinstaub, dessen Moleküle womöglich ein gefährliches Metall enthielten – Blei, Arsen –, Substanzen, die, in kleinen Dosen genossen, anfänglich keine Symptome hervorrufen, die aber im Lauf der Zeit zu Vergiftung und zum Tod führen.

Oftmals, während ich ihm zuhörte, hatten seine Worte meine Zustimmung gefunden; im Grunde teilte ich seine Verachtung des Scheins, der vorgetäuschten Gefühle: Die Abgestumpftheit, die ich im Blick vieler Menschen erkannte, irritierte und erschreckte mich zugleich. Welches Leben mochte sich hinter diesen glanzlosen Augen verbergen? Ein Dasein, das gewiss nie das meine sein würde, doch welche Alternative konnte man der Stumpfheit entgegensetzen? Dank seines Wesens (das ja auch meines war) hatte sich mein Vater aus dem Chor zurückgezogen, aber führte er wirklich ein freies Leben?

Das Bild, das er gern von sich zeichnete, war das eines

Baums, der einsam auf einer Lichtung steht und seine majestätischen Äste zum Himmel streckt.

Aber glich sein Leben nicht vielmehr einer dieser großen Platanen, die die städtischen Alleen säumen, mit mächtigem Stamm trotz der Hunde, die ihn anpinkeln, trotz der Papierfetzen, der Zigarettenkippen und der Getränkedosen, die sich zwischen seinen Wurzeln häufen, gleichgültig gegenüber dem Leuchtspray, mit dem Liebespaare ihre verschlungenen Namen auf ihn sprühen, und den mit jedem Jahr schlimmeren Obszönitäten, die in seine Rinde eingeschnitten sind? Einem Baum, dessen Wurzeln nicht atmen können, erstickt vom Asphalt, erschöpft von den Vibrationen der Busse, mit grauen Blättern und rußgeschwärztem Stamm, der trotz allem gewaltig in die Höhe wächst, weil er – wie alle Bäume – nur eines will, sich am Licht laben, und darum immer weiter hinaufstreben muss: höher, noch höher, über den Schatten der Häuser hinaus. Diese Errungenschaft wird jeden Winter zunichtegemacht von der unerbittlichen Axt der Stadtgärtnerei, die ihn fachgerecht zurechtstutzt und von seinen schönen Ästen nur winzige Stümpfe übrig lässt. Trotz der Verstümmelung gibt die Platane jedoch nicht auf: In jedem Frühjahr sprießen an ihren abgehackten Armen viele zarte Zweige und daran die ersten Blättchen.

Der Anblick eines Baums, der so zugerichtet ist, schneidet einem ins Herz, vor allem wenn man weiß, wie viel Raum er inmitten einer Lichtung einnehmen kann. Viele Menschen wissen das aber gar nicht und sind dennoch begeistert.

»Schau, wie schön!«, sagt der Großvater zu seinem Enkel im Vorübergehen, »die Blätter schlagen aus!«

Dem Alten kommt nicht der Verdacht, dass diese hagere Erscheinung nichts anderes ist als eine sich seit Jahrzehnten hinziehende Agonie, der Gesang eines von Harpunen übersäten Wals, der sterbend im Meer versinkt.

Wenn ich mit meinem Vater zusammen war, fühlte ich mich wie das Kaninchen vor der Schlange, die Komplexität und Kühnheit seiner Überlegungen nahmen mir den Atem, machten mich schwindlig.

Sobald ich mich jedoch entfernte und an seine Reden zurückdachte, verwandelte sich die Benommenheit in Unduldsamkeit, und beharrlich kam mir wieder das Bild von der Platane in den Sinn. Er hatte mit der gleichen Kraft nach der Wahrheit gesucht, mit der der Baum zwischen den Häusern zum Licht strebt, doch weil er das Leben verleugnete, hatte er sich zuletzt nur um sich selbst gedreht.

Er war wie ein Wanderer, der in der Wüste an einer Haltestelle sitzt und auf den Bus wartet, ohne zu wissen, dass die Linie seit Jahren eingestellt ist.

Was wäre beispielsweise geschehen, wenn er bei der Schwangerschaft meiner Mutter nicht seine Hände in Unschuld gewaschen, sondern die Verantwortung übernommen hätte, wenn er die Beziehung zu seiner Ursprungsfamilie weiter gepflegt hätte, wenn er, anstatt die Universität an den Nagel zu hängen, weiter gelehrt und sich mit Leidenschaft seinen Studenten gewidmet hätte?

Kurz und gut, wie wäre sein Leben gewesen – und das der Menschen um ihn herum –, wenn er sich nicht vor Verantwortung gedrückt, sondern sie angenommen hätte?

Welches Verhältnis besteht zwischen Wahrheit und Leben?

Dies war die entscheidende Frage, die ich mir in jenen

Monaten stellte. Ich fragte es mich seinetwegen, aber auch meinetwegen.

Nachts war es am schlimmsten.

Allein in dem großen Haus, entnervt vom Geräusch des Windes, der an den Fensterläden rüttelte, war ich mir sicher, dass seine Suche nach der Wahrheit sich im Lauf der Jahre in eine Schutzbehauptung verwandelt hatte, die er aufstellte wie einen kunstvoll bestickten chinesischen Wandschirm, einen schön bespannten Rahmen eben, um sich und die Dinge dahinter zu verstecken.

Wenn ich zudem an meine Mutter dachte, schäumte ich vor Wut. Wenn sie so naiv war, warum hatte er sie dann ihrem Schicksal überlassen? Empfand er keine Gewissensbisse? War ich tatsächlich nur die Frucht der biochemischen Reaktion zwischen zwei einander sonst ganz fremden Wesen? War es das Märzlicht – das Drängen des Hypothalamus mit seinen Hormonstürmen – gewesen, das sie zur Paarung getrieben hatte, ihre Säfte hatten sich gemischt, und das war alles?

So geht es auch den Kröten: Im Februar treffen sie sich in den Teichen, und im März kehren sie, nachdem sie ihre Eier abgelegt haben, in die Wälder zurück. Doch eine Kröte fragt sich nicht: Wer bin ich, welchen Sinn hat mein Leben?

War meine Mutter eine Kröte, ein Stachelschwein, eine Blindschleiche oder doch etwas anderes, doch jemand Einzigartiges? Und war ihr Ende wirklich nur einer angeborenen Unfähigkeit anzulasten, im Dschungel des Lebens zu überleben, oder gab es eine Mitverantwortung anderer, unterlassene – oder ungute – Handlungen derjenigen, die sie umgaben und die Pflicht gehabt hätten, ihr zu helfen, da sie möglicherweise älter und erfahrener waren als sie?

Kann man wirklich Tiere mit Menschen vergleichen?

Mehrmals griff ich, in das unentwirrbare Netz dieser Überlegungen verstrickt, zum Telefon und wollte hineinschreien: *Du ekelst mich an. Ich hasse dich. Geh zum Teufel!*, doch jedes Mal überkam mich nach der Vorwahl eine unerklärliche Angst, und ich legte wieder auf.

Fürchtete ich mich vielleicht vor seiner spöttischen Stimme, vor dem unausbleiblichen Refrain »Ich wusste, dass es so enden würde«? Oder hatte ich Angst, unwiderruflich in die schleimige Masse abzustürzen, in die er voller Verachtung »die anderen« verbannt hatte? Die anderen – die Normalen –, diejenigen, die sich abfinden, die weder die Intelligenz noch die Verwegenheit besitzen, um aufzustehen und den Horizont abzusuchen, all die Elenden, die weiter das Tamtam der Tage schlagen, ohne zu merken, dass das Leben keinerlei Sinn hat.

Normale Menschen wie meine Mutter, wie sein Vater (mit seiner kreolischen Frau und seinen Mulattenkindern), wie die Studenten, die es nicht verstanden hatten, ihm die Stirn zu bieten, die Freunde (falls er je welche gehabt hatte) oder die Frauen, denen der Mut gefehlt hatte, ihm zu folgen und mit ihm zusammen die Vorposten des Nichts zu kolonisieren.

Ja, es ist wahr, in meiner Unentschlossenheit lag auch Furcht vor seiner Verachtung, ich war nicht bereit, irgendeine Demütigung von ihm zu erleiden. Im Grunde war er (das glaubte ich damals zumindest) der einzige Verwandte, den ich auf der Welt besaß, der engste. Wohl oder übel verdankte ich ihm fünfzig Prozent meiner Gene.

In jenen Monaten begann ich zu erkennen, was alles uns verband, mein Blick schärfte sich, und ich sah immer mehr: Deshalb, sagte ich mir, ist mir nicht danach zumute, unsere Beziehung abrupt abzubrechen. Wenn es so weit ist, werde ich zu ihm gehen und ihm – ganz ruhig und nüchtern – sämtliche Gründe für meine Verachtung aufzählen. Ich werde entscheiden, wann ich Schluss mache, nicht umgekehrt. Das Letzte, was ich wünschte, war, wie meine Mutter zu enden, auf der Straße stehen gelassen wie ein Koffer mit abgerissenem Griff.

Als es Sommer wurde, gewann die Erschöpfung des ganzen vergangenen Jahres – deine Krankheit, dein Tod, die Begegnung mit meinem Vater – die Oberhand und verwandelte mich in ein kraftloses Bündel. Ich wollte nur noch allein sein, irgendwo liegen, ohne Essen, ohne Worte, um wieder zu Kräften zu kommen, wie eine Pflanze im Winter oder ein Murmeltier, das darauf wartet, dass der Schnee schmilzt.

Schon drei Wochen war ich nun nicht mehr nach Grado gefahren.

Eines Spätnachmittags klingelte das Telefon. Es war mein Vater. Mit einer merkwürdigen Stimme – wo war sein spöttischer Gleichmut geblieben – beschwerte er sich: »Was ist los? Kommst du nicht mehr?«

Ich rechtfertigte mich, fast ohne es zu merken.

»Es geht mir nicht sehr gut. Sobald ich mich besser fühle, komme ich.«

Warum hatte mir die Schlagfertigkeit gefehlt zu erwidern »ich komme, wann es mir passt« und vor allem, »wenn ich Lust habe«?

Aus welchem Grund sollte ich Schuldgefühle hegen gegenüber einem Menschen, den ich etwa ein Dutzend Mal gesehen hatte, einem Mann, den nie ein Schuldgefühl, ja nicht einmal eine blasse Ahnung von Gewissensbissen überkommen hatte, einem Verführer, der sich immer so verhalten hatte, als bliebe jede seiner Gesten ohne Folgen?

Ich habe ihn weder in der nächsten Woche noch in der übernächsten besucht, obwohl es mir besser ging, und ich habe ihm auch nicht Bescheid gesagt. Mein Telefon hat drei Tage lang immer um dieselbe Zeit geklingelt, am späten Nachmittag, und ich dachte gar nicht daran, den Arm auszustrecken und abzuheben. Offensichtlich suchte er nach mir, ohne Erfolg. Seine Besorgnis bereitete mir eine dumpfe Befriedigung.

Am vierten Tag habe ich den Hörer abgenommen.

»Bist du es?«, hat er gefragt.

In seiner Stimme lag ein Zögern, beinahe Furcht, sie klang wie die Stimme eines alten Mannes. Vielleicht hatte er getrunken, denn ihr Timbre schwankte wie eine Kerzenflamme bei Zugluft.

Ich erwartete, dass er etwas sagen, mich fragen würde, wie es mir ging, ob ich wieder gesund war, stattdessen sagte er nach einem tiefen Seufzer: »Hier hält man es nicht mehr aus, es ist ein Wahnsinn, alles voller heulender Kinder, schreiender Fernseher, auf der Treppe drängen sich fette Frauen mit Schöpfkelle in der Hand, die Männer basteln mit dem Schlagbohrer herum; statt ihre Frauen damit zu töten, benutzen sie die Motorsäge, um die Nerven ihrer Nachbarn abzutöten. Weißt du, was aus meinem Vorposten geworden ist? Das Präludium zu einer bescheidenen Apokalypse. Jedes Jahr dasselbe, oder vielmehr, es wird immer schlimmer. Zum Glück habe ich einen Freund, der mir im Sommer seine Wohnung in Busto Arsizio überlässt, im Sommer zieht der Vorposten dorthin um. Ich bin im Aufbruch, deshalb wollte ich dir meine Adresse geben, falls ...«

»Was?«

»Falls du Lust hättest vorbeizukommen. Es gibt auch Telefon dort ... hast du was zu schreiben?«

»Ja«, habe ich geantwortet und seine Nummer auf einen alten Kassenbon gekritzelt.

»Denk aber dran, es dreimal klingeln zu lassen. Dreimal, dann legst du auf. Sonst gehe ich nicht ran. Ich gestatte nur wenigen, mich zu anzurufen.«

»Ich weiß.«

»Hör zu ...«, seine Stimme klang nun fast beunruhigend brüchig: »Ich wollte dir noch etwas sagen ...«

»Ja?«

Wildes Kindergeschrei hatte ihn unterbrochen, überlagert von einer plötzlich in voller Lautstärke einsetzenden Rap-Musik.

»Ein andermal ... ich kann nicht mehr, ich haue ab!«

Mit diesem Hinweis auf seine Flucht – sein Lieblingswort – hat er aufgelegt.

Bei seinem »Ich wollte dir noch etwas sagen« hatte mein Herz schneller geschlagen, ich erwartete eine Offenbarung, ein Eingeständnis, eine Erinnerung, Reue: etwas, das unsere Geschichte in die banalen Bahnen des Menschlichen lenken würde, das mich berechtigen würde, ihn nicht mehr »Massimo«, sondern »Papa« zu nennen.

Vielleicht hatte er mir ja nur sagen wollen, dass er wegfuhr, aber war das nicht auch schon ein Zeichen, dass er nachgab? Ich sage dir, wo ich bin, weil ich dich brauche, weil ich darauf warte, besucht zu werden, denn ich kann nicht mehr leben ohne deine Stimme, deinen Blick?

Nach dem Anruf bin ich in den Garten hinuntergegangen.

Die Luft war ozongesättigt, und von Osten zogen schnell und drohend große Gewitterwolken herauf, in der Ferne bereits durchfurcht von Blitzen, die fahl den Horizont erleuchteten. Ein trockener Wind – der dem Sturm vorausgeht – rüttelte an den schütteren Kronen der Pinien und ließ ihre Äste knarren, bevor er sich auf die goldenen Früchte des Pflaumenbaums stürzte, die mit dem Geräusch wasserreicher Körper auf den Boden klatschten. Auf der entgegengesetzten Seite ging schon die Sonne unter, und was sich noch vor der normalen Erdumdrehung retten konnte, wurde von den eilenden Wolken geschluckt.

Bald würde auf der Hochebene der Sturm toben, aber in meinem Geist und in meinem Herzen hatte er schon begonnen, er hatte die Leitungen zerrissen, und die Elektrizität sprang überallhin wie ein vor Freude übergeschnappter Kobold.

5

Wenn ein Flugzeug abstürzt, sucht man als erstes die Blackbox, ebenso macht man es anscheinend auch bei Zugunglücken. In diesem kleinen Kasten wird alles registriert – von der zurückgelegten Strecke bis zu den einzelnen Manövern und den minimalsten Faktoren, die zu der Störung beigetragen haben: Unentschlossenheiten und Entgleisungen, Dunkelheit und Aufprall. Beim Menschen ist diese Aufgabe dem Gedächtnis anvertraut. Denn die Erinnerung macht den Menschen aus, situiert ihn in der Geschichte – in seiner eigenen Geschichte und in der umfassenderen der Welt, die ihn umgibt –, und die Wörter sind die Spuren, die wir hinterlassen.

Wörter sind wie Tierspuren, die du im Morgengrauen am Strand findest. In der Nacht hat ein reges Hin und Her geherrscht von Füchsen, Mäusen, Raben, Möwen, Hirschen, Wildschweinen, Schlammhüpfern, Krabben und auch jenen kleinen schwarzen Käfern, die wie ewig zu spät kommende Damen hastig zwischen den Sandkörnern herumhuschen. Alle bewegen sich durchs Dunkel und hinterlassen ihre Spuren. Manche begegnen sich und beschnuppern einander neugierig, andere landen und fliegen dann weiter, die, die Pech haben, werden gefressen, wieder andere paaren sich oder vertreten sich einfach kurz die Beine;

die Krabben graben sich ein und bauen Sandburgen, die Spuren der Schlammhüpfer haben die Dauer eines Wellenschlags, während die Käfer lange, ordentliche Streifen hinterlassen, die es leicht machen, ihre Höhlen zu finden.

Und du, aus welcher Höhle bist du gekommen, wohin gehst du?

Doch bevor wir uns fragen, wohin wir gehen, müssten wir vielleicht herausfinden, woher wir kommen.

Wenn der Käfer nicht weiß, zu welcher Gattung er gehört, wie kann er sich dann richtig verhalten und entscheiden, ob er Kot, Blütenstaub oder Aas fressen soll?

Ein Tier weiß, wovon es sich in seiner langen, schläfrigen Kindheit ernährt hat, es ist der Geschmack dieser Speise, der es bei seiner Wahl lenkt, genauso erkennt es auch seine Höhle wieder und den Grund, der es hinausdrängt: Das steht alles in seinen Genen geschrieben.

Beim Menschen dagegen liegen die Dinge komplizierter.

In den Körperfunktionen sind wir ähnlich, in allem anderen aber sehr verschieden. Jeder von uns hat seine ganz eigene Geschichte, deren Wurzeln weit zurückreichen, bis zu den Großeltern, den Urgroßeltern, den Ururgroßeltern und weiter, immer noch weiter, bis zu den ersten Menschen, bis zu dem Moment, in dem wir – anstatt uns wie die Käfer zu verhalten – begonnen haben, bewusst zu entscheiden.

Welche Entscheidungen haben unsere Vorfahren getroffen? Welche Bürden haben sie auf uns geladen? Und warum so unterschiedlich im Gewicht? Warum bewegen sich manche leichtfüßig wie eine Feder, während es anderen nicht gelingt, sich von der Erde zu lösen?

Mit diesen Gedanken bin ich wieder zum Dachboden hinaufgestiegen. Die Sommersonne hatte die Luft allmählich aufgeheizt, und um nicht zu ersticken, habe ich die Dachluke geöffnet. Ich habe mich im Schneidersitz vor den offenen Koffer gesetzt: Er war nun fast leer, auf seinem Boden lagen, verstreut wie Konfetti nach einem Karnevalsfest, nur noch einige verstaubte Briefe und ein etwas neuer aussehendes Heftchen; es waren die letzten Spuren, die vom Käfer hinterlassenen Kräuselungen, bevor er die Höhle erreichte.

Wohin würden diese Papiere mich führen?

Ich hatte Angst vor der Enttäuschung, womöglich war es nur ein Haufen banaler Briefe, die die Urgroßeltern aus einem Badeort geschickt hatten: »Die Kuren zeigen Wirkung … das Essen ist gut … Wir kommen Donnerstag mit dem Zug um acht.«

Ich habe die Briefe mit nach unten genommen und sie in einer Reihe auf den Tisch gelegt, doch inzwischen war es spät geworden: Mir war nicht danach zumute, sie am Tagesende zu öffnen, daher habe ich beschlossen, das Licht des nächsten Morgens abzuwarten.

Im Bett, gestört von der Musik irgendeines Sommerfests, konnte ich nicht einschlafen; gegen eins sah ich auf den Wecker, während von draußen *Bandiera rossa* herüberhallte; erst um drei senkte sich Stille über die Hochebene, ab und zu unterbrochen vom Dröhnen eines vorbeifahrenden Lastwagens. Aus der Ferne vernahm ich, wenn auch schwach, das Geklingel der Wanten der im Hafen ankernden Segelboote, es schien, als spielten sie ein kleines Konzert im Windhauch einer leichten Sommerbora.

Was ist das wohl für eine Musik?, habe ich mich im

Einschlafen gefragt: Die Aufbruch- oder die Heimkehrsymphonie?

Auf dem Umschlag des Hefts eine Winterlandschaft: im Vordergrund Hasenspuren im Schnee, in der Mitte Bäume mit reichlich weiß bestäubten Zweigen; im Hintergrund am Horizont – unter einem klaren, leuchtenden Himmel – eine Bergkette mit schimmernden Gletschern. Es war ein einfaches Heft, geeignet für Lateinaufgaben oder die Haushaltsabrechnungen. Vielleicht schlug ich es deshalb leichten Herzens auf.

Als ich aber die Schrift meiner Mutter sah, wurde mir eiskalt.

Gedichte stand auf der ersten Seite. Beim Durchblättern ihres Tagebuchs und auch, als ich den Brief meines Vaters las, hatte ich keine Verlegenheit empfunden, jetzt dagegen, bei diesem Heft, fühlte ich mich verstört und eingeschüchtert: Nie war mir in den Sinn gekommen, dass meine Mutter eine lyrische Ader haben könnte.

Es waren viele Gedichte, einige kurz, andere sehr lang. Ich habe hier und da geblättert und einige davon gelesen.

Nie werde ich eine Blume sein

Nie werde ich eine Blume sein,
die im Frühling ihre Blüte der Sonne schenkt.
Nie werde ich eine Blume sein,
denn mein Geist gleicht eher dem Gras
einem grünen Halm wie tausend anderen

so hoch wie alle anderen, der den Kopf senkt
beim ersten Winterfrost.

Nebel

Der Nebel hüllt alles ein: Häuser und Menschen
selbst Fahrräder fahren geräuschlos.
Die unsre ist eine Welt der Gespenster
oder bin ich das Gespenst?
Mein Herz ist in Watte gehüllt
ein kostbares Geschenk
ohne Empfänger.

Angst

Angst machen mir weder die Ungeheuer
noch die Mörder.
Ich fürchte mich nicht vor der Nacht,
vor Überschwemmungen oder Naturkatastrophen,
weder vor Strafen noch vor dem Tod
oder einer Liebe, die es nicht gibt.
Angst habe ich nur
vor deiner kleinen Hand
die nach meiner sucht,
vor deinem zärtlichen Blick
der mich von unten fragt: »Warum?«

Mein Blick trübte sich, ich spürte, wie etwas auf mein Brustbein drückte: Es fühlte sich an wie ein Stock, einer jener spitzen Pfähle, mit denen man Vampire tötet. Eine

Hand drückte ihn voller Kraft nieder, um meinen Brustkasten zu durchbohren.

Schön wäre es gewesen

Wie schön wäre es gewesen
wenn unser Leben glücklich wäre
wie ein Schlager von San Remo.
Du und ich, Hand in Hand,
und am Fenster ein Fliederstrauch.
Wie schön wäre es gewesen
gemeinsam auf den Sonnenuntergang zu warten
und keine Angst zu haben vor der Nacht.
Wie schön wäre es gewesen
die Schritte unserer Kinder zu lenken
mit einer gemeinsamen Hand.
Doch das Ungeheuer kam und verschlang
unsere wenige Zeit,
ließ nur Knochen und leere Schalen am Boden zurück,
die Überreste seines obszönen Festmahls.

Der Pfahl drang noch etwas tiefer ein, bis ins Zwerchfell, nur ein bisschen weiter links, und er hätte den Herzbeutel durchbohrt.

War das meine Mutter? Wo war das unruhige, oberflächliche Mädchen des Tagebuchs geblieben, die verstörte, verzweifelte Frau des Briefes? Wahrscheinlich hatte sie diese Gedichte kurz vor ihrem Tod geschrieben, jedenfalls schienen es die Gedanken eines anderen Menschen zu sein.

Ich hatte gehört, dass alles klarer wird, wenn das Ende naht, selbst wenn wir nicht wissen, dass unsere Tage gezählt sind – plötzlich zerreißt ein Schleier, und wir sehen ganz deutlich, was bis zu dem Augenblick im Schatten gewesen war.

Meine Mutter war ganz ein Kind ihrer Zeit, sie hatte sich von dem kollektiven Strom mitreißen lassen, ohne den drohenden Abgrund vorherzuahnen. Da sie ohne solide Wurzeln aufgewachsen war, geriet sie in die Gewalt der Strudel, sie war keine Weide, die vom Hochwasser überspült werden konnte und doch an ihrem Platz blieb, sondern wirklich ein schlichter Grashalm, wie sie in ihrem Gedicht schrieb. Die Fluten hatten das Fleckchen Erde, auf dem sie geboren worden war, mitgerissen und sie einsam dahintreiben lassen. Erst kurz vor dem tosenden Wasserfall, der sie ins Unbekannte schleudern sollte, begann sie vielleicht, sich nach den nie gehabten Wurzeln zu sehnen.

Im Grunde, dachte ich, unterscheidet sich die Struktur des Menschen kaum von der eines Karstgebiets: An der Oberfläche folgen die Tage, Monate, Jahre, Jahrhunderte einer in ständiger Veränderung begriffenen historischen Zeit aufeinander – Autos oder Kutschen fahren darüber, einfache Ausflügler oder besiegte Armeen ziehen vorbei –, doch darunter bleibt das Leben unberührt, sich selbst immer gleich: Es gibt keine Licht- oder Temperaturschwankungen in diesen dunklen Höhlen, weder Jahreszeiten noch Veränderungen, die Olme planschen glücklich, ob es draußen regnet oder die Sonne scheint, und die Stalaktiten nähern sich unaufhaltsam den Stalagmiten, wie Liebende, die von einer niederträchtigen Gottheit getrennt wurden.

In dieser vom Wasser geschaffenen Welt lebt und wiederholt sich alles nach einer schier unveränderten Ordnung.

So hatte meine Mutter voll Inbrunst die Jahre der Revolution gelebt, und um diesem Traum zu folgen, hatte sie ihre eigenen Gefühle missachtet: Die Zustimmung der Gruppe war damals wichtiger.

Auf dem Bug eines imaginären Eisbrechers bewegten sie sich geschlossen vorwärts, brachen die bornierte Kruste an der Oberfläche auf, den Blick fest auf den lichten Horizont der universellen Gerechtigkeit gerichtet. Wenn sie immer weiter fuhren, würden sie zuletzt in einer neuen Welt ankommen, wo das Böse keine Daseinsberechtigung mehr haben sollte und uneingeschränkte Brüderlichkeit herrschen würde. Die Größe dieser Aufgabe gestattete kein Zögern, keine Unentschlossenheit, gemeinsam musste man vorwärtsgehen, ohne Individualismus, ohne Bedauern, im Gleichschritt wie die afrikanischen Ameisen, die in Sekundenschnelle einen Elefanten auffressen können.

An einem bestimmten Punkt jedoch musste sie sich irgendwie von der Gruppe gelöst haben. Während viele ihrer Gefährten buchstäblich zu den Waffen griffen, wählte meine Mutter den einsamen Weg der Selbsterforschung. In ihrer Zerbrechlichkeit war sie im Begriff, in dem Durcheinander unterzugehen, und Herr G. erschien ihr wie die erste Boje, an die sie sich klammern konnte. Er stützte sie, ermöglichte ihr, sich über Wasser zu halten, und dies genügte ihr offenbar. Eine Weile erlaubten ihr die Sternenknäuel mit den ungelösten, von Paternalismus und Kapitalismus zurechtgestutzten karmischen Bindungen, so weiterzumachen.

Hinter jenem Anschein jedoch, unter der harten ideologischen Schale und dem konfusen Streben nach einer abstrakten universalen Harmonie, verbarg sich in Wirklichkeit eine junge Frau, die im geheimsten Winkel ihres Wesens dennoch von Liebe träumte.

In den tiefen Höhlen floss der Strom ungehindert weiter, und dieses Wasser war die wahre Quelle des Lebens, die Durst und Hunger stillen, befruchten, Wachstum fördern und die Menschen überall auf der Erde miteinander verbinden konnte. Denn Lieben und Geliebtwerden, nicht die Revolution, ist das höchste Ziel jedes Wesens, das auf die Welt kommt.

6

Viele Faktoren tragen dazu bei, dass ein Baum erkrankt, beim Menschen sind es noch mehr.

Schreitet die Krankheit eines Baums zu weit fort, ist es schwierig, ihn zu retten: Die Wurzeln faulen, der Stamm wird morsch, der Stoffwechsel setzt aus, und die Blätter fallen zu Boden, weil ihnen der Saft entzogen wird.

Wenn ein Mensch erkrankt, denkt man sofort an ein Virus oder ein Bakterium, das wahrscheinlich vorhanden ist, doch niemand fragt sich, wo es herkommt, wieso es sich einschleichen konnte, warum ausgerechnet heute und nicht vor einem Monat, bei dieser Person und keiner anderen, die doch vielleicht einer viel größeren Ansteckungsgefahr ausgesetzt war. Warum, bei gleicher Behandlung, der eine gesund wird und der andere unterliegt?

Wenn ein Blitz die Rinde einer Jahrhunderte alten Eiche streift, genügt das, um die Zerstörung auszulösen: In dem entstandenen Spalt siedeln sich Bakterien, Pilze und Käfer an, die sich in kurzer Zeit lebensgefährlich ausbreiten.

Obstbäume werden anfällig, wenn sie nicht mehr aufrecht wachsen können. Eine Pinie wächst weiter, auch wenn der Wind sie beugt, ein Aprikosenbaum nicht: Im rechten Winkel zum Boden zu stehen erlaubt ihm zu leben und Früchte zu tragen.

Was ist dagegen nötig, um einen Menschen zu zerstören, um ihn krank werden zu lassen? Und um ihn gesund zu machen? Welche Bedeutung hat eine Krankheit im Lauf eines Lebens? Ist sie ein Fluch? Ein Unglück? Oder vielleicht eine unverhoffte Chance, ein kostbares Geschenk des Himmels?

Ist Krankheit nicht auch der Augenblick, in dem uns möglicherweise ein Licht aufgeht?

In den langen Wochen im Krankenhaus kam mir immer wieder dieses Bild in den Sinn: Ich sah mich mit einer Laterne in der Hand, wie einen Zwerg aus dem Märchen, der versucht, einen unbekannten Raum zu erforschen; ich wusste nicht, wohin ich ging, mit scheuen Schritten wanderte ich zwischen den knorrigen Wurzeln uralter Bäume, in einem Maulwurfsgang oder in einem Labyrinth im Inneren einer Pyramide umher; vorsichtig bewegte ich mich vorwärts, verängstigt, aber auch ungeduldig: Ich ahnte, dass ich früher oder später an eine unbekannte Türe gelangen würde, und je näher ich ihr kam, umso klarer wurde mir, dass ich dahinter den Schatz finden würde; wie bei der Tür, die Aladin geöffnet hatte, erwarteten mich dahinter ganze Kisten voller Perlen, Edelsteine und Goldbarren; ich wusste nicht, wer sie dort versteckt hatte, noch aus welchem Grund, mein einziger Wunsch war, sie zu finden, herauszuholen und im Sonnenlicht funkeln zu sehen.

Meine Mutter war gestorben. Überwältigt von etwas, das mir dunkel blieb, hatte sie beschlossen, mit ihrem Auto gegen eine Wand zu rasen, doch bevor sie ihren Plan in die Tat umsetzte, hatte sie mir noch einige Zeilen schreiben wollen und zum ersten Mal mit *Mama* unterschrieben. Ihre Rolle annehmen und sterben war eins für sie gewesen.

Mein Vater irrte mit seinem klapprigen Auto zwischen den Kaufhäusern im menschenleeren Busto Arsizio herum, ohne einen anderen Trost als seine Gedanken, immer einsamer, immer verzweifelter, in seine Intelligenz eingesperrt wie in einen Käfig aus Plexiglas.

Du warst vor zu kurzer Zeit gestorben; über das Bild, das ich aus der Kindheit von dir hatte, schob sich häufig dein wegen der Ufos wutverzerrtes Gesicht.

In dem leeren Haus – durch das nur meine Schritte hallten – fiel mir das Atmen immer schwerer.

Eines Nachts bin ich plötzlich aufgewacht, es war, als drückte mir jemand die Halsschlagader zu, ich keuchte wie ein Taucher, der zu lang unter Wasser geblieben war. Von da an bekam ich immer weniger Luft, tagsüber fühlte ich, wie die Lungen sich verkrampften und knisterten wie trockene Schwämme, ein winziger Druck hätte genügt, um sie zu zerbröseln.

Draußen herrschte sengende Hitze, und ich suchte psychologische Erklärungen für mein wachsendes Unwohlsein: Ich habe Mühe zu atmen, sagte ich mir, weil ich die Nabelschnur durchtrennt habe.

Im September jedoch, als ich merkte, dass die Kleider an mir schlotterten, habe ich beschlossen, einen Arzt aufzusuchen. Und der Arzt hat mich ohne Umwege ins Krankenhaus geschickt: Ein Virus hatte sich in den Lungenbläschen eingenistet und sich dort fröhlich vermehrt. Eine Lungenentzündung ohne Fieber, ohne Husten, aber deswegen nicht weniger lebensgefährlich.

Während der Zeit im Krankenhaus war ich nicht unglücklich, es gab immer jemanden, der mich pflegte und zerstreute, ohne mich je aus dem Bett aufstehen zu lassen. Ich freundete mich mit einigen Frauen an, die im selben Zimmer lagen: Sie konnten es kaum fassen, dass ich nie Besuch bekam.

An dem Tag, an dem ich entlassen wurde, tauschten wir Adressen und falsche Versprechen auf baldiges Wiedersehen aus.

Es war die zweite Oktoberwoche, ich ging die Straße entlang wie im Traum, die Wucht der Geräusche und Bewegungen betäubte mich, meine Schritte waren unsicher und tastend.

Im Garten blühte unsere Rose – eine kleine, geduckte Blüte, schon bereit für den ersten Frost –, der Rasen begann, gelb zu werden, und in Bucks Napf voller Regenwasser schwammen die Leichen einiger Wespen und einer Hornisse. Ein Monat Abwesenheit hatte genügt, dass sich im Haus ein feuchter, muffiger Geruch ausbreitete.

Ich hatte den Herbst vor mir; rundum, die Leere. Schon vernahm ich, wie die Bora jenseits der Karpaten rumorte, ich hörte sie vom Gebirge herunterkommen, ihr Pfeifen hüllte mich ein und drang mir bis in die Schädelknochen.

Noch einen Winter hier zu verbringen konnte ich nicht ertragen. Mir war, als hätte ich in wenigen Monaten zwanzig Jahre gelebt, ich war zu müde, um so weiterzumachen.

Natürlich hätte ich mir irgendetwas ausdenken können, mir eine Arbeit suchen, mich an der Universität einschreiben, eine Liebesbeziehung ausprobieren, aber ich hätte alles einhändig, einäugig, nur halbherzig gemacht.

Ich wusste, dass es sich nicht um echte Entscheidungen gehandelt hätte, sondern nur um Ausflüchte, um Umwege, um Tarnmanöver. Ein Teil von mir wäre dabei gewesen und hätte bei der Täuschung mitgespielt, und der andere wäre weiter durch die Welt gewandert, mit den hohlen Schritten des Golems durch die Straßen gegangen, hätte sich in jeden Abgrund, in jede Dunkelheit gestürzt und vertrauensvoll und demütig vor jeder geschlossenen Tür gewartet, wie ein Hund, der auf seinen noch unbekannten Herrn wartet.

Ich wollte Licht, Glanz.

Ich wollte herausfinden, ob es die Wahrheit gibt, ob das der Kern ist, um den sich alles dreht wie in einem Kaleidoskop, oder sterben.

An dem Morgen, an dem ich die Fahrkarte kaufte, bot sich mir unterwegs ein seltsames Schauspiel: Obwohl das Meer ruhig war, kamen Hunderte und Aberhunderte von Seezungen den Kanal herauf, schwammen an der Oberfläche wie fliegende Teppiche und drängten sich schließlich alle unterhalb der Antoniuskirche, wo sie nicht mehr weiterkonnten.

Auf der Brücke beobachtete eine Gruppe von Schaulustigen verblüfft diese ungewöhnliche Form von kollektivem Selbstmord: Was war das? Ein Zeichen des Himmels? War ein atomares Unterseeboot explodiert? Oder testete eine ausländische Militärmacht vielleicht gerade eine neue Giftwaffe?

Einige Fischer begannen, die Seezungen mit Eimern in die Boote zu schöpfen. »Ob man die essen kann?«, flüsterten die Leute halblaut. »Was wissen wir denn davon, was tatsächlich in der Welt vorgeht?«

Vor ihren Augen wanden sich die Fische mit zuckenden Leibern und Schwänzen und starben einer nach dem anderen, während die Möwen laut kreischend durch die Luft schossen: ein einziges wildes Durcheinander weißer Silhouetten, die sich kopfüber von den Dächern stürzten oder pfeilgerade vom Meer herüberflogen wie Bombengeschwader. Die Wasseroberfläche vibrierte von Todesenergie, sobald eine Möwe mit der Beute im Schnabel aufflog, stürzten sich die andern auf sie, um ihr den Fisch zu entreißen, und verfolgten sie unbarmherzig durch die Luft.

Die Szene wirkte nun nicht mehr kurios, sondern beunruhigend, die Mütter blieben nicht mehr mit ihren Kindern auf der Brücke stehen, und die Rentnergrüppchen zerstreuten sich wortlos.

Das Leben in der Stadt ging unterdessen normal weiter wie immer: auf den Uferstraßen die gewohnten Autoschlangen, die an der Ampel auf Grün warteten; am Hafen ein Kreuzfahrtschiff, gezogen von einem Schlepper, das die üblichen Anlegemanöver vollführte; eine ohrenbetäubende Musik, die aus einem Geschäft mit Jugendbekleidung schallte und das träge Ritual eines spärlichen Grüppchens von Personen an den Verkaufsständen um Ponterosso begleitete.

Der Himmel sendet Zeichen, doch niemand versteht sie zu deuten, dachte ich, als ich das Büro der Schiffahrtsgesellschaft betrat, das direkt am Kanal lag.

Der frühestmögliche Abreisetermin sei in einer Woche, Plätze gebe es genügend, versicherte mir die Angestellte: Wer ist heute noch so verrückt, fünf Tage zu vertrödeln, um an einen Ort zu gelangen, den man in zwei Flugstunden erreichen kann?

Ich habe eine der preiswertesten Kabinen genommen, unten und innen.

Auf dem Heimweg habe ich gemerkt, dass ich leichtfüßiger ging, die Entscheidung zur Abreise ließ mich die Dinge mit Abstand, ja beinahe mit Sehnsucht betrachten. In den letzten Monaten hatte ich den Garten vernachlässigt, die Beete waren voller Unkraut, die Sträucher wuchsen wild durcheinander, die Hortensien mit ihren längst vertrockneten, vom Wetter braun gewordenen Blüten sahen aus wie eine Versammlung alter Lehrerinnen mit Hütchen auf dem Kopf, während eine Blätterdecke fast den gesamten Rasen bedeckte.

Sie waren dein Albtraum, die Blätter. Die Blätter und das Unkraut. Wie oft haben wir deswegen gestritten! Du dachtest, sie seien ein Störfaktor, deshalb müsse man sie beseitigen, ich dagegen war überzeugt, beide seien notwendig. Du warfst mir vor, ich sei faul, und ich beschuldigte dich im Gegenzug, Bäume und Pflanzen wie einen Haufen Idioten zu behandeln.

»Wenn die Blätter abfallen«, sagte ich zu dir, »gibt es bestimmt einen Grund, die Natur ist doch nicht so blöd wie die Menschen, und das, was du Unkraut nennst, weiß gar nicht, was das ist; du verurteilst und verdammst diese Pflanzen, aber sie halten sich für Blumen und Gräser, die ebenso schön und wichtig sind wie alle anderen.«

»Du siehst die Seele des Gartens nicht«, habe ich dich einmal entnervt angeschrien, »du siehst überhaupt nie die Seele von irgendwas!«

In aller Ruhe habe ich mit den Reisevorbereitungen begonnen; als Erstes bin ich auf die Bank zum Geldwechseln gegangen, dann habe ich ein paar Maschinen Wäsche gewaschen und Mottenkugeln in die Schränke gelegt; um eine Larveninvasion zu vermeiden, habe ich Reis, Mehl und Nudeln in hermetisch schließende Dosen verpackt; aus dem gleichen Grund habe ich die Küchenmöbel weggerückt, da ich befürchtete, ein in einer Ritze hängen gebliebener Essensrest könnte Truppen von schwarzen Raupen gestatten, Fußboden und Decke zu besetzen.

An den letzten beiden Tagen habe ich ziemlich sorgfältig und ordentlich meine Kleider und die für die Reise nötigen Dinge in den Rucksack gepackt; zuletzt habe ich obenauf die alte Bibel ohne Umschlag gelegt, die ich auf dem Dachboden gefunden hatte.

Mein Vater hatte sich nicht mehr gemeldet, die Badesaison war längst zu Ende, und er musste nach Grado Pineta zurückgekehrt sein. Ich hatte keine Lust, ihn anzurufen, daher habe ich ihm ein Briefchen geschrieben.

Lieber Papa schien mir unpassend, also habe ich das erste Blatt zerknüllt und auf das zweite einfach geschrieben: *Ich verreise. Ich fahre ins Land deiner und meiner Vorfahren.* Darunter noch die Adresse des Ortes, an dem ich mit aller Wahrscheinlichkeit wohnen würde.

Das Schiff ist gegen Abend ausgelaufen, nachdem es eine endlose Reihe albanischer und griechischer Lastwagen geschluckt hatte; es gab kein Restaurant an Bord, sondern nur ein Selbstbedienungslokal, die Einrichtung bestand aus gelblichen Plastikmöbeln, und das Neonlicht ließ jedes Gesicht totenblass erscheinen.

Außer den Lastwagenfahrern reisten noch zwei Busse voller israelischer Rentner mit mir, die von einer Europareise zurückkehrten: Ich hatte gesehen, wie die Kisten mit ihrem Geschirr und Besteck aus dem Schiffsbauch heraufgebracht worden waren.

Ich bin auf die Brücke gestiegen, um zuzusehen, wie sich die Stadt entfernte.

Der Schlepper war nah an unser Schiff herangefahren, um den Lotsen aufzunehmen. Das Licht des Leuchtturms glitt regelmäßig über die Meeresoberfläche, das schwarze, stille Wasser glich einem unendlichen, bedrohlichen Tintensee.

Über uns funkelten die Sterne, dieselben, die vor mehr als zwanzig Jahren über meine Mutter gewacht hatten, als mein kleines Leben in ihrem Bauch heranwuchs. Das Stampfen der mächtigen Motoren kam mir in den kurzen Augenblicken, in denen es mir gelang, nicht an das zu denken, was unter uns war, geradezu beruhigend vor.

Wer weiß, ob die Sterne Augen haben, fragte ich mich, ob sie uns sehen, so wie wir sie betrachten, wer weiß, ob sie ein geheimnisvolles Herz haben, ob sie – wie der Mensch seit jeher meint – die Fähigkeit besitzen, unser Handeln zu beeinflussen. Wer weiß, ob an ihren glühenden Rändern wirklich die Toten leben, die hier unten nicht mehr lebendig sind, jene, die eine der Formen des Körpers schon verlassen haben.

Als ich noch sehr klein war, wollte ich vor dem Zubettgehen immer aus dem Fenster schauen und der Mama winken, die, wie du mir gesagt hattest, umgezogen war und dort oben lebte; war der Himmel abends bewölkt, brach ich in Tränen aus. Ich stellte mir Mama wie eine Fee vor, im langen, leichten Kleid aus farbigem Chiffon, auf dem Kopf einen kegelförmigen, mit Sternchen übersäten spitzen Hut, das Gesicht heiter gelassen und anstelle der Beine einen einzigen Leuchtschweif: Nur so konnte sie mir folgen, indem sie von Stern zu Stern flatterte.

In dem Zinksarg dagegen war nun fast nichts mehr von ihr übrig; auch du warst im Begriff, dort unten zu zerfallen, wie es auch mir eines Tages geschehen würde.

Welchen Sinn hatten also unsere Leben, die Träume meiner Mutter von mir und die deinen von deiner Tochter? War es unser Schicksal, den Schatten nachzujagen, oder verbarg sich hinter all der Leere doch ein Sinn?

Warum hattet ihr – du, deine Mutter, mein Vater – eure Wurzeln hinter euch gelassen? Aus Angst, aus Faulheit, aus Bequemlichkeit? Oder wolltet ihr einfach frei und modern sein?

Als ich meinen Vater danach fragte, erwiderte er, das Judentum sei in Wirklichkeit nichts anderes als eine Anhäufung von anthropologischen Bräuchen und sozialem Zusammenhalt, und um seine These zu stützen, zitierte er das Beispiel seines Vaters – überaus fromm, solange er mit seinem Schwiegervater in Venedig arbeitete und in dessen Haus verkehrte, dann ohne die geringste Reue bereit zum Sambatanzen, sobald er seine Frau in Brasilien bestattet hatte.

Du dagegen hattest einmal zu mir gesagt, wir hätten keinen Glauben. Wir standen nicht mehr auf jener Seite, aber auch nicht auf dieser. Als du meine Besorgnis sahst, hattest du hinzugesetzt: »Das ist nichts Schlimmes, weißt du. Im Gegenteil, es ist gut so. Frei zu sein ist im Grunde genommen der einzige Reichtum des Menschen.«

Gleicht meine Seele vielleicht deshalb einer Hundeseele? Irre ich deshalb seit jeher durch die Straßen, getrieben von der quälenden Ruhelosigkeit der Herrenlosen?

Wurzeln

I

Nach sechs Tagen ruhiger Seefahrt erreichten wir den Hafen von Haifa.

Während ich von der Brücke aus zusah, wie die Stadt näher kam, stellte ich eine seltsame Verwandtschaft mit Triest fest: Hinter ihr wuchsen anstelle des Karsts, aber anscheinend ebenso steinig, die Ausläufer des Berges Karmel in die Höhe; überall erhoben sich vielstöckige Häuser: Die neuesten waren auch am hässlichsten; links, wo die Hügel in die Ebene übergingen, stiegen von mehreren Industrieanlagen dicke Rauchwolken auf, die sich mit den Flammen einer Raffinerie vermischten.

Haifa hat allerdings keine Seepromenade wie Triest; anstelle der Uferstraßen und der Piazza Unità befinden sich hier die Landekais der Frachtschiffe, überragt von einer Reihe gelber Kräne mit langen schwebenden Auslegern. Darunter aufeinandergestapelt Dutzende und Dutzende von Containern in allen Farben.

Obwohl die Männer der Antiterroreinheit schon im Hafen von Limassol an Bord gekommen waren, zogen sich die Einreiseformalitäten endlos hin. Während ich wartete, bis ich aussteigen durfte, blieb ich auf der Brücke stehen und betrachtete ein seltsames Gebäude, das auf dem Gipfel des Hügels stand, eingerahmt von Terrassengärten, die zum Meer hin abfielen: Die runde, vergoldete Kuppel deutete auf eine Moschee hin, doch gab es daneben kein Minarett.

»Was ist das?«, fragte ich eine Dame aus Ashkelon, die ich auf der Überfahrt kennengelernt hatte.

»Das? Der Baha'i-Tempel«, erwiderte sie lächelnd, als wollte sie sagen: Der hat uns gerade noch gefehlt. Denn er barg das Grabmal von Baha' Allah, einem Perser, der in der zweiten Hälfte des neunzehnten Jahrhunderts beschlossen hatte, sich vom Islam zu lösen und eine eigene synkretistische religiöse Bewegung zu gründen, inspiriert von der allumfassenden Liebe unter den Menschen aller Religionen und aller Ethnien.

Als ich den Fuß auf den Boden setzte, wurde mir klar, dass der Rucksack auf meinen Schultern so schwer wog wie das zu Ende gehende Jahrhundert, dass für mich der Augenblick gekommen war, innezuhalten und seinen Inhalt zu betrachten, nacheinander alle Steine herauszuholen und ihnen endlich einen Namen zu geben, sie zu katalogisieren und dann zu entscheiden, ob es angebracht war, sie mitzunehmen oder liegen zu lassen.

An diesem unbekannten und doch so vertrauten Ort habe ich plötzlich begriffen, dass unsere Geschichte auch die Geschichte derjenigen ist, die uns vorausgegangen sind, all dessen, was sie getan oder unterlassen haben. Wie die Kalkablagerungen in einer Grotte bilden diese Entscheidungen ein unsichtbares Gerüst für unsere Person.

Ein Neugeborenes ist nicht wie eine weiße Tafel, auf die man alles Mögliche schreiben kann, sondern wie ein Tischtuch, in das bereits jemand ein Stickmuster eingewebt hat: Wird es dieser schon von anderen vorgezeichneten Linie folgen oder einen anderen Weg wählen? Wird es in die ausgetretenen Fußstapfen treten oder den Mut besitzen, aus ihnen herauszuspringen? Und warum unterbricht einer das angefangene Muster, während der andere es mit blindem Eifer ergänzt?

Gehört dieses Leben denn wirklich nur uns, ist es der einzige lichte Raum, den wir durchqueren dürfen? Ist es nicht doch zu grausam, alles auf eine einzige Existenz zu setzen? Verstehen, nicht verstehen, sich irren, aufeinanderprallen? Trennt nur ein Herzschlag die Geburt vom Tod, können wir gerade den Mund öffnen, um »oh!« zu sagen vor Entsetzen, »oh!« vor Staunen, und dann ist alles vorbei? Sollten wir ergeben schweigen, den Kopf hinhalten als x-tes Schlachtopfer? Auf die Welt kommen und dann in den Tod sinken wie ein lautlos einstürzendes Kartenhaus?

Und wer verteilt die Rollen vor dem Stück? Welche wird mir zufallen: die Opfer- oder die Henkerrolle? Oder handelt es sich vielleicht eher um einen ständigen Wechsel von Hell und Dunkel?

Töten oder getötet werden: Wer entscheidet das? Vermutlich der, der im Lichtkegel steht, aber was machen die im Schatten? Und ich, in welchem Teil der Bühne befinde ich mich? Läuft wirklich alles ab wie im Theater: auftreten, abtreten, den Text vergessen, das Falsche aufsagen? Und wo endet dann das Röcheln der Opfer, der kalte Schweiß ihrer Agonie? Wo der Schlaf der Henker, ihre dumpfen Nächte, denen nur Körperliches eignet? Gibt es im Himmel einen Ort, der alles aufnimmt – einen Katalog, ein Archiv, ein kosmisches Gedächtnis? Und außer einem Register vielleicht auch eine Waage, jemanden, der die Existenzen wiegt? Die rechte Schale, die linke Schale, die Art, wie sie sich ausbalancieren – hier die Taten, dort das Gewicht des Urteils? Saust das Flammenschwert des heiligen Michael durch die Luft, oder ist es das Zischen des Nichts, das den Weltraum durchzieht?

Oder ist das Universum vielleicht nichts als ein riesiger Pansen, in dem es nur schwarze Löcher gibt, die jede Form von Energie schlucken und zermahlen? Liegt in dieser unermüdlichen Bewegung von Kauen, Schlucken, Ausscheiden, in dieser Symphonie von Magensäften der einzige Sinn der Welt?

Doch wenn der Pansen nicht mehr arbeitet, stirbt die Kuh.

Und das Universum?

Sind wir Proteine, Minerale, Aminosäuren, Flüssigkeiten, enzymatische Reaktionen und sonst nichts? Weißliche Larven, die sich winden, die fressen und gefressen werden? Selbst die Larve kennt ja die Würde der Verwandlung, aus ihrem weichen Gewebe kann unerwartet ein herrlicher Schmetterling hervorgehen.

Und wenn gerade »Verwandlung« das Zauberwort wäre? Wenn die Dunkelheit genau darum existierte, um das Licht aufzunehmen?

2

Die Geschichte von Onkel Ottavio war von allen die nebelhafteste. Nur einmal hattest du abends auf dem Sofa etwas angedeutet, als du die Familienfotos aus einer Schublade zogst. Wie alt war ich damals? Zehn, zwölf, dass ich das Gesicht meines Vaters nicht kannte, fing zu der Zeit schon an, mich zu belasten; du konntest es mir nicht zeigen, denn du wusstest nicht, wer er war, doch vielleicht wolltest du auf diese Art die Wunde schließen, die in mir klaffte.

Ich erinnere mich an eine Serie anonymer Bilder, aufgetaucht aus einer Epoche, die für mich gleich nach den Dinosauriern begann.

Die allermeisten Fotos zeigten die große, von einem Park umgebene Villa, in der du aufgewachsen warst: Sie bildete den Hintergrund für ein Familientreffen einschließlich Hausangestellte, in Pose für eine Kricketpartie, und für viele andere Schnappschüsse, etwa von deinem Hund Argo, wie er mit seinem intelligenten Blick vor dem Eingang zum Gewächshaus lag. Es gab Bilder der Villa in ihrer Sommerherrlichkeit, mit Rosenlauben rundherum und geöffneten Jalousien hinter blumengeschmückten kleinen Balkonen, und dann eins von derselben Villa, zerstört von den Bombern: ein Trümmerhaufen unter schwarzem Rauch.

Auf vielen Fotos warst du als Kind zu sehen, mit einer großen Schleife auf dem Kopf; du mit deinen Eltern im Atelier eines Fotografen vor einer erhabenen gemalten Kulisse; dann deine Mutter, in Pose, während sie singt. Mehrere andere zeigten Kinder – alle unweigerlich im Matrosenanzug mit knöchelhohen Knöpfstiefelchen und Reifen oder kleinen Geigen in der Hand –, deren Namen und Verwandtschaftsgrad du mir eifrig aufzähltest, ohne in mir das geringste Interesse zu wecken. Was gingen mich all diese Personen an, die einem Kostümfilm entsprungen zu sein schienen, oder diese Prachtvilla, die im Nichts verschwunden war an dem Tag, an dem irgendein Mike aus Alabama beschlossen hatte, in seinem Jagdbomber auf einen Knopf zu drücken?

Als wir einmal im Auto an dem Ort vorbeikamen, wo sie gestanden hatte, hast du auf eine Zeder gezeigt, die einsam zwischen Dutzenden trister, vom Rauch der Eisenhütte schwarz gewordener Häuser dahinvegetierte.

»Siehst du sie? An ihren untersten Ästen hing früher meine Schaukel.«

Dieser rußbedeckte Baum war als einziger übrig geblieben von dem großen Park, der eure Villa umgeben hatte.

Onkel Ottavio war der Bruder deiner Mutter, du hattest ihn mir auf einem Foto gezeigt, er am Flügel und daneben, stehend, seine Schwester, die eine Romanze sang. Er war der Einzige (in einer Familie, in der fast alle zum Vergnügen ein Instrument spielten), der die Musik zu seinem Beruf gemacht hatte und ein geschätzter Pianist geworden war. Er gab Konzerte in ganz Europa, und wenn er zu Hause war, verbrachte er die meiste Zeit im Salon, um zu üben.

Du konntest ihn nicht leiden, hattest du mir erzählt und hinzugefügt, vielleicht hättest du ihn aber nur um seine Begabung beneidet, da du selbst keinerlei Talent besaßest. Er hatte (für die damalige Zeit ziemlich spät) eine Harfenistin geheiratet, und sie hatten mit einem gewissen Abstand zwei Kinder, ein Mädchen und einen Jungen, bekommen.

Die Ältere, Allegra, hatte die musikalische Veranlagung der Eltern geerbt und war, nachdem sie das Konservatorium in Triest abgeschlossen hatte, nach Amerika gegangen, um ihr Bratschenstudium zu vervollkommnen. Der Jüngere, Gionata, war bei Kriegsende nach Israel ausgewandert.

»Warum denn nach Israel? Hatte er sich etwa verliebt?«, habe ich dich voller Sehnsucht nach Normalität gefragt.

Du warst plötzlich ganz starr geworden: »Verliebt?« Dann, mit abwesendem Blick: »Ja, vielleicht ... auf gewisse Weise ... doch das ist eine lange, eher traurige Geschichte: zu lang und zu traurig für ein kleines Mädchen, das schlafen gehen muss.«

Meine Proteste hatten nicht gefruchtet. Ich liebte traurige Märchen: Jeden Abend beim Einschlafen hielt ich die kleine Meerjungfrau im Arm und wiederholte mir unter der Decke die hoffungslosesten Geschichten, während das Küken aus dem Hässlichen Entlein mir vom Nachttisch aus zusah.

»Das ist aber kein Märchen«, hast du schroff gesagt, und es gab nichts mehr hinzuzufügen. So waren der Onkel, seine Frau, der Flügel, die Harfe, die Bratsche, Allegra, Gionata und sein (für mich) kurioses Bestimmungsland allesamt im dunklen Brunnen der Nicht-Zeit verschwunden.

Ich hatte drei auf dem Speicher gefundene Briefe auf die Reise mitgenommen; zwei stammten aus Amerika: einer war von Allegra, und der zweite enthielt die Mitteilung ihres Todes, unterschrieben von Sara, einer ihrer Töchter. Der dritte Brief kam aus Israel: In wenigen knappen Zeilen gratulierte dir dein Cousin Gionata zu Ilarias Geburt und schrieb, er habe sich endgültig in Nordgaliläa niedergelassen und geheiratet; er schicke seine vollständige Adresse mit, falls ihr ihn einmal besuchen wolltet.

Genau diese Adresse, hatte ich beschlossen, wollte ich nach meiner Landung in Haifa aufsuchen: Da Gionata der Sohn des jüngsten Bruders deiner Mutter war und nach meinen Berechnungen um die siebzig sein musste, war es gut möglich, dass er noch lebte; abgesehen von meinem Vater – und davon, dass ich am Strand von Rio höchstwahrscheinlich Scharen kleiner Mulattencousins hatte – war Onkel Gionata der letzte Verwandte, der mir auf dieser Erde geblieben war.

Die Haltestelle des Busses, der mich ans Ziel bringen sollte, war nicht weit weg. Nach einer knappen Stunde Wartezeit konnte ich einsteigen: Klimaanlage und Musik waren voll aufgedreht, auf den meisten Plätzen saßen Jungen und Mädchen in Militäruniform, und manche von ihnen trugen mit großer Selbstverständlichkeit ein Maschinengewehr über der Schulter.

Der Bus verließ Haifa auf der dem Berg Karmel gegenüberliegenden Seite quer durch das Industriegebiet, über dem große Viadukte verliefen. Vor dem Fenster zogen Lagerhallen, Werkstätten, riesige Supermärkte und Autohandlungen vorbei. Der Verkehr war ziemlich chaotisch, die Fahrer gestikulierten wild durch die geöffneten Scheiben und hupten mehrmals. Seltsamerweise war ich nicht aufgeregt, sondern eher gespannt: In Kürze würde ich bei dem Kibbuz ankommen, der in dem Brief angegeben war. Wer weiß, ob ich den Onkel antreffen würde, vielleicht war er längst tot oder umgezogen; vielleicht gab es nur noch irgendeinen Cousin oder, im schlimmsten Fall, gar niemanden mehr.

Selbst diese Aussicht konnte mich nicht beunruhigen, denn einer Sache war ich sicher: Diese Reise war keine Flucht (wie die nach Amerika), sondern der Aufbruch zu einer Auseinandersetzung mit etwas, das ich nicht kannte, das mich aber zutiefst betraf.

Als Einzige stieg ich inmitten von Feldern am Straßenrand aus. Vor mir schützte ein mit Stacheldraht bewehrtes Gittertor ein Gebäude, das halb einem Schilderhäuschen, halb einer Pförtnerloge glich.

Ich näherte mich dem bewaffneten jungen Mann, der dort Wache hielt, sagte meinen Namen und wen ich suchte, und gemeinsam betraten wir das Camp. Im Bus hatte ich versucht, mir vorzustellen, wie ein Kibbuz aussieht: Da ich mich noch daran erinnerte, was einer deiner Freunde erzählt hatte, dachte ich an eine spartanische Ansammlung von Baracken auf einem ausgedorrten Stück Land.

Als ich nun hinter dem Soldaten herging, fand ich jedoch, dass die verstreut angeordneten einstöckigen Häuschen, jedes mit einem Rasen und einem kleinen Garten versehen, eher einem Universitätscampus als einer Pioniersiedlung ähnelten. Auch ein Schwimmbecken und ein Tennisplatz fehlten nicht. In der Mitte stand ein Gebäude, das größer und höher war als die übrigen: der *dining room*, erklärte mir mein Begleiter.

Das Einzige, was wirklich nicht zu einem Campus passte, waren die großen Silos in der Ferne und ein starker Geruch nach Mist.

Fast an jeder Mauer wuchsen Bougainvilleen: Es gab sie in allen Farben, von Fuchsia über Lila bis Weiß; üppig, ja beinahe unverschämt rankten sie sich nach oben und beherbergten zwischen ihren Blüten und Blättern eine Unmenge Spatzen.

Der junge Mann bedeutete mir zu warten. Ich stellte den Rucksack ab, setzte mich auf eine Bank und sah mich schüchtern um. Ich war mir nicht ganz sicher, ob er verstanden hatte, wen ich suchte, vielleicht hatte ich mich nicht gut ausgedrückt, doch als ich nach etwa einer Viertelstunde sah, wie sich aus einem Grüppchen von Personen ein nicht sehr großer Mann mit weißem Bart löste, erkannte ich (dank der geheimnisvollen Gesetze der Genetik) ohne jeden Zweifel Onkel Gionata.

Obwohl er seine Überraschung nicht verbarg, zeigte sich der Onkel durch meine Anwesenheit nicht sonderlich erschüttert. Seit vielen Jahren hatte er kein Italienisch mehr gesprochen, und so wandte er sich im selben, leicht antiquierten Triestiner Dialekt an mich, in den auch du in den Tagen der Krankheit ab und zu verfielst.

Er lud mich in seine Wohnung – ein niedriges Fertighaus mit einem blühenden kleinen Garten davor – zum Tee ein. Trotz seines Alters war der Onkel noch rüstig und drahtig und drückte sich sehr direkt aus.

Ich erzählte ihm von dir, dass du vor etwas über einem Jahr gestorben warst, von meiner Mutter, die gegangen war, als ich vier Jahre alt war (ohne zu erwähnen, dass es sich um einen Freitod gehandelt hatte), und zuletzt von meinem Vater, einem Philosophieprofessor, der in Grado lebte und sich nie viel um mich gekümmert hatte.

Onkel Gionata hatte erst kürzlich seine Frau verloren, sie war im Lauf von zwei Monaten jener Krankheit erlegen, die heute nichts Ungewöhnliches mehr ist. Sie hatten im Lauf ihrer Ehe zwei Kinder bekommen, der Erstgeborene, Arik, lebte in Arad und war Ingenieur, während die Tochter als Psychiaterin im Krankenhaus von Be'er Sheva arbeitete.

Zu seiner Freude war er nun schon Großvater von Zwillingen, Ariks Töchtern, die jetzt sieben Jahre alt waren: Beide spielten seit frühester Kindheit Geige, und dank der Methode eines Japaners, des Herrn Suzuki, hatte sich gezeigt, dass sie im höchsten Grad das Talent beider Urgroßeltern geerbt hatten; er war erst kürzlich aus Arad zurückgekehrt, wo er tief gerührt Zeuge ihres Könnens geworden war.

Nachdem er aus Italien weggegangen war, so sagte er zu mir, war die Musik, die seine Kindheit bereichert hatte, seltsamerweise schlagartig verschwunden, er hörte keine Platten mehr, noch ging er ins Konzert.

Die einzige Musik, die seine Tage in Israel begleitet hatte, war das Rattern der Traktoren; seit er hierher gezogen war, hatte er sich nämlich nur noch mit Landarbeit beschäftigt: Die langen Reihen von Grapefruitbäumen, die bis zu den Ausläufern der Hügel reichten, hatte er gepflanzt, ebenso die Avocadoplantagen.

Bevor er und die anderen hierherkamen, gab es in der Gegend nur Steine und Unkraut; die ersten Jahre hatten sie mit der Hand gerodet und umgegraben, dann trafen die ersten Traktoren ein, und da die Mechanik seine Leidenschaft war, hatte er einen Kurs besucht, um zu lernen, wie man sie repariert.

Sie wollten in allem autark sein, das war die Philosophie, die sie Jahr für Jahr angetrieben hatte, all das aufzubauen, was sie umgab.

Den Jungen waren ihre Entscheidungen von damals ganz egal, sie wollten alles, und zwar sofort, konnten nicht warten und waren nicht fähig – vielleicht fehlte ihnen allerdings auch die nötige Zuversicht –, sich für die Zukunft der Gemeinschaft aufzuopfern.

»Das ist bitter für mich«, brach es aus dem Onkel heraus, »und für die anderen meines Alters. Wer war denn schuld daran, wir oder die Zeiten? Ich dürfte nicht so verletzt sein: Seit die Welt besteht, neigen die Jungen dazu, alles zu zerstören, was ihre Eltern aufgebaut haben, und das Leben geht trotzdem weiter… Na ja… Vielleicht ist es nur die Trauer eines alten Mannes.«

Er hatte mich in dem, was er das »Gästezimmer« nannte, untergebracht: einem schlauchartigen Raum mit Sperrholzwänden, in den kaum ein Stuhl und ein Feldbett hineinpassten; das einzige Fenster umrahmten duftende Eukalyptuszweige.

Noch nie hatte ich Wiedehopfe und Turteltauben so lebhaft zwitschern und gurren gehört. Es war, als würde die Sonne, die hier viel stärker war, allen Dingen mehr Energie schenken: Die Blumen waren größer und bunter, die Vögel sangen in höchsten Tönen. Galt das etwa auch für die Gefühle – für Hass, für Liebe, für die gewaltsame Kraft der Erinnerung?

Mit dieser Frage schlief ich ein.

Als ich es an meine Tür klopfen hörte, glaubte ich, es sei mitten in der Nacht: Der Onkel wollte mit mir frühstücken, es war kurz vor fünf, und die Sonne stand schon hoch, man müsse aufs Feld, bevor es zu heiß werde, rechtfertigte er sich, als er mein verstörtes Gesicht sah.

Der große Speisesaal war schon voller Menschen, ihre Stimmen schwirrten dröhnend durcheinander wie auf einem Hochzeitsbankett.

An jenem ersten Morgen wanderte ich eine Weile durch den Kibbuz, wir trafen uns erst zur Mittagszeit wieder.

»Schau, wie viele Blondschöpfe und wie viele blaue Augen!«, kommentierte der Onkel mit sichtlicher Befriedigung, während wir am Kindergarten voller spielender Kinder vorübergingen. »Hitler würde vor Neid platzen.«

Zu Hause lief schon die alte, laute Klimaanlage; als ich mich auf das kümmerliche Sofa im Wohnzimmer setzte, fiel mein Blick unwillkürlich auf einen alten Stich von Triest, der gegenüber an der Wand hing.

Er zeigte einen Ausschnitt der Uferstraßen: vor dem Palazzo Carciotti spazierten Damen mit Schirmchen, Herren mit Stock und Zylinder, Ammen mit Kinderwagen den Molo San Carlo (heute Audace) entlang, während am Kanal aus einer langen Reihe von Schiffen Kisten in allen Größen an Land gebracht wurden.

»Was wurde da verladen?«, fragte ich den Onkel, während ich den Stich aus der Nähe betrachtete.

»Hm … hauptsächlich Kaffee, glaube ich, aber auch Gewürze oder Stoffe. Weißt du, warum ich das Bild nie abgenommen habe? Weil es mich an eine Zeit erinnert, die es nicht mehr gibt, eine Zeit, in der man stundenlang leidenschaftlich über viele Themen diskutieren konnte … über eine Aufführung der *Carmen* von Bizet, zum Beispiel – ob die gerade gehörte besser war als die vom vorigen Jahr –, oder sich bis zum Streit ereifern über seinen Lieblingsdichter. Meiner Frau gefiel der Stich nicht, sie behauptete, die Vergangenheit sei vergangen, und wir dürften nicht erlauben, dass sie an uns klebte, doch mir schenkte er eine Art … ich sage nicht, Frieden, aber Erleichterung. Es tröstete mich, zu wissen, dass es eine Epoche gegeben hatte – die meines Vaters –, in der man über Kunst sprechen konnte, als sei sie das Wichtigste auf der Welt, in der das Grauen noch in die zweite Linie verbannt war. Nicht, dass es nicht existiert hätte (im Herzen des Menschen existiert es seit jeher), aber es wurde nicht darüber gesprochen, man sah es nicht, man konnte leben, als sei es nicht vorhanden, es blieb beschränkt auf die offiziellen Kriegsschauplätze.«

»Siehst du«, fuhr er dann fort, »meine Eltern waren fest überzeugt – vielleicht weil sie Künstler waren oder weil die Zeiten eben anders waren –, dass die Schönheit das Licht ist, das die Herzen der Menschen erhellt.

Musik kann jede Tür öffnen, pflegte mein Vater zu mir zu sagen, während meine Mutter mit mir in den Garten ging, um dem unterschiedlichen Rascheln der Blätter zu lauschen.

Sie waren natürlich Idealisten. Wenn sie nur ein kleines bisschen mehr in der Realität gelebt hätten, hätten sie wahrscheinlich einen Teil der Tragödie vermeiden können, aber so waren sie eben: Sie sahen immer die schöne Seite der Dinge, waren überzeugt, dass Schönheit und Rechtschaffenheit zusammengehörten. Die Erinnerung an die mit ihnen in der Villa verbrachten Jahre ist wie in ein goldenes Licht getaucht, es gab keine Schatten zwischen ihnen und auch nicht in ihrer Beziehung zu uns. Für die damalige Zeit waren sie recht unkonventionelle Eltern, glaube ich, sie spielten mit uns, ohne je unsere Erziehung zu vernachlässigen: Sie gaben uns wenige Grundsätze mit auf den Weg, die jedoch eisern respektiert werden mussten. Bei Tisch sprach man über alles, kein Thema wurde umgangen.

Ich weiß noch, dass ich einmal – mit sechs oder sieben, in dem Alter, in dem man beginnt, sich Fragen zu stellen – beim Mittagessen unvermittelt gefragt habe: Wer hat eigentlich die Welt gemacht?

Gott hat sie geschaffen, erwiderte mein Vater.

Und danach, schloss meine Mutter, hat er noch die Musik erfunden, damit der Mensch die Welt begreifen konnte.

Im Unterschied zu den meisten Ehen jener Zeit – und wahrscheinlich auch zu den heutigen – beschränkte sich ihre Verbindung nicht auf körperliche Anziehung, auf eine Schwärmerei, die sich unbeständigen Faktoren verdankt. Sie liebten sich wirklich, nie sah ich sie einander bissige Worte zuzischen oder schmollen, sie konnten manchmal streiten, sogar sehr lebhaft, aber niemals gab es bei ihnen die Missgunst, die hochkommt, wenn man der Tage überdrüssig ist oder sich enttäuscht fühlt.

Ich bin überzeugt, dass ihr Verhältnis zur Harmonie, zur Musik sehr viel dazu beitrug: Auf dem Gebiet der Schönheit konnten sie jeden Konflikt lösen.

Ihre Naivität bestand darin, zu glauben, dass das, was ihnen selbst so viel bedeutete, auch für andere einen Wert besäße, dass alle Menschen von einer gemeinsamen inneren Spannung beseelt wären, die den Dingen Licht verlieh.

Du kannst dir nicht vorstellen, wie viel ich im Lauf der Jahre darüber nachgegrübelt habe, wie viele Male ich jede Stunde, jede Minute, jede Sekunde unseres Zusammenlebens zerlegt und wieder zusammengebaut habe: Es war, als hielte ich den Motor eines Traktors in Händen, dessen Defekt ich nicht herausfinden konnte.

Ich war in meinem Leben praktisch nur halb anwesend. Wo bist du?, warf mir meine Frau oft vor. Bist du bei uns, oder reist du in der Zeitmaschine?

Nein, ich glaube nicht, dass ich ein guter Ehemann und Vater war.

Ich war alles nur halb.

Andererseits sage ich mir häufig, wenn ein Leben zerbrochen ist, lässt es sich nicht mehr zusammenfügen, man kann nur so tun, man kann die Bruchstücke zusammenkleben, aber die Reparatur wird immer sichtbar bleiben.

Zerbrochen heißt, dass in dir zwei, drei oder vier Teile sind, die sich nicht mehr verbinden lassen, doch um weiterzuleben, musst du versuchen, die Stücke so aneinanderzufügen, dass man nicht hört, wie es in dir knirscht, wenn sie nachgeben.

Meine Eltern, ständig in die Harmonie ihrer Musik eingehüllt, waren der schrecklichen Überzeugung verfallen, dass Güte ganz natürlich im Herzen der Menschen wohne und dass sie – weil eben angeboren – auch im eingefleischtesten Verbrecher vorhanden sei, man müsse nur, mit einem Lächeln, einem Lied, einer Blume, das Gute in ihm wiedererwecken.

Sie waren nicht religiös, jedenfalls nicht im herkömmlichen Sinn. Der Vater meines Vaters war konvertiert: Ich glaube nicht, dass er ein Damaskuserlebnis hatte, er dachte wohl eher praktisch; sie waren schon lange Agnostiker, und daher war es für sie nicht so erschütternd, zur einen oder anderen Seite überzugehen.

Die Familie meiner Mutter war dagegen in Worten noch ganz in der Tradition verhaftet – in Taten aber nicht: Sie ging nur zu Hochzeiten und Beschneidungen in die Synagoge.

Ich denke, dass meine Mutter die Gesamtheit der Bräuche, die man ihr aufgezwungen hatte, als eine Art Folklore betrachtete, doch war sie keineswegs Atheistin und auch nicht Agnostikerin, im Gegenteil, sie glaubte an ein höheres Wesen, las mit Begeisterung Bücher über spirituelle Themen und interessierte sich sehr für die Seelenwanderung – kurz gesagt, für die Wiedergeburt –, indem sie die Ideen einer russischen Adeligen verfolgte, einer gewissen Blawatskij oder so ähnlich.

Ich erinnere mich noch, dass sie einmal im Garten eine haarige Raupe auf einem Blatt beobachtete und dann fragte: Morgen wirst du ein Schmetterling sein, aber was warst du denn früher einmal?

Mich beunruhigte die Vorstellung, dass es hinter den Dingen eine verborgene Wirklichkeit geben könnte, dass sie also nicht so wären, wie sie zu sein schienen. Ich war meinen Eltern kein würdiger Sohn, ich habe nie viel Fantasie besessen, und zuletzt habe ich mich mit Motoren und nicht mit Metaphysik beschäftigt: Zum Glück sind sie tot, habe ich sogar einmal gedacht, vielleicht hätten sie sich eines so banalen Sohnes geschämt, dann aber habe ich mich dafür geschämt, so etwas überhaupt zu denken.

Jetzt, seit ich allein im Haus lebe – solange meine Frau und die Kinder da waren, war es anders – und weiß, dass mir nicht mehr viel Zeit bleibt, liege ich häufig nachts wach: Ich lausche dem Verkehrslärm, der von Stunde zu Stunde abnimmt, und höre die Schakale: Was bedeutet ihr Geheul anderes als Fragen an den Mond, die Sterne, den Himmel?

Während ich ihr Jaulen vernehme, sehe ich auch Rauch von der Erde aufsteigen: In dieser dicken schwarzen Wolke ist meine Mutter, ihre Essenz, vermischt mit der von Tausenden anderer Menschen – ihre Träume, ihre Begabungen, ihr Blick; alles Asche, die sich auf die Weichsel gelegt hat, auf die Bäume, auf die Felder rund um Birkenau – ganze Landstriche hat das Kalium jener Körper fruchtbar gemacht und große Schneeglöckchen, riesige Wirsingkohlköpfe, Äpfel wie Globusse hervorgebracht.

Aber ist meine Mutter wirklich da unten begraben, triumphiert tatsächlich die Chemie, oder sind es nur ihre Haare, ihre Knochen? Hat ihre Seele, wie sie glaubte, wirklich den Körper gewechselt, so wie man auf Reisen das Hotelzimmer wechselt? Womöglich ist sie in Afrika wiedergeboren worden oder in einem abgelegenen Dorf in den Anden …

Nachts kennen die Gedanken keine Schranken, trotzdem denke ich nie ans Paradies, an einen Ort, an dem man ohne Schuld leben kann, schwebend in einer Leichtigkeit, die nichts Menschliches an sich hat: Das würde heißen, dass sich jemand um uns kümmert, und das glaube ich nicht, nein. Das Schicksal der Menschen ist niemandem wichtig, und schon gar nicht das unsere im Besonderen.

In meinem Leben habe ich versucht, mich so gut wie möglich zu benehmen, ehrlich zu sein, zu arbeiten, eine Familie zu gründen, sie entsprechend meinen Fähigkeiten zu lieben, das war alles, das Einzige, was ich in die Waagschale zu legen habe. Wahrscheinlich ist das eine Grenze von mir, aber wie jede Grenze habe nicht ich sie festgelegt.

Nach dem Krieg bin ich hierher gezogen, um den Erinnerungen zu entkommen. Nichts Schönes verband mich mehr mit Europa, ich wollte herausfinden, wer ich bin, mir wieder eine Art Identität aufbauen, und allmählich ist es mir auch gelungen.

Ich bedaure es nicht, um nichts auf der Welt würde ich zurückgehen, jedoch hat mich nichts restlos überzeugt. Ich bin und bleibe ein Skeptiker. Voll guten Willens, aber doch ein Skeptiker.«

»Siehst du«, fuhr der Onkel fort und zeigte auf ein kleines, an der Türe befestigtes Rechteck, »das hat mein Sohn dahin gehängt: Es ist eine Mesusa. Arik war schon als Junge sehr religiös, auch wenn wir ihn nie gedrängt haben: Zu Hause begnügten wir uns damit, streng die Traditionen einzuhalten, aber das ist alles. Wir haben ihn natürlich auch nicht entmutigt, aber manchmal passierte es seiner Mutter und mir, dass wir ihn wie einen Fremden betrachteten: Wo kommt der denn her?

Wir wussten keine Antwort.

Ab und zu dachte ich sogar, in ihm hätte sich tatsächlich die Seele der Großmutter reinkarniert, und all diese Frömmigkeit sei nichts anderes als eine Art, meine Mutter ihre Leidenschaft für die Blawatskij und all ihre verquere Lektüre abbüßen zu lassen.

Meine Frau behauptete, Geborenwerden sei, als würde man von einem hohen Gebäude heruntergeworfen, aber wie auch immer, unser Schicksal ist es, in die Tiefe zu stürzen, und deshalb muss man sich eben an irgendetwas klammern: Der eine hält sich an einem Sims fest, der andere gleitet auf einen Balkon, ein Dritter packt einen Fensterladen, und wieder ein anderer bekommt in letzter Sekunde eine Dachrinne zu fassen. Wenn du leben willst, musst du dir einen Halt suchen, welcher, spielt keine Rolle. Doch für meine Frau war es anders: Sie stammte aus einer strenggläubigen Familie und hatte sich nie mit ihrem Vater verstanden, der ein recht unnachgiebiger Mann war; im Grunde wünscht man sich immer das, was man zu Hause nicht hat, vielleicht gelang es ihr auch deshalb nicht, ihre Gereiztheit über diesen Sohn zu verbergen, der Bräuche, die sie zur Türe hinausgejagt hatte, zum Fenster wieder hereinlassen wollte.

Ich dagegen war immer von Ariks Aufrichtigkeit und der Tiefe seiner Gefühle überzeugt. Ich erinnere mich noch an einen Vorfall, als er dreizehn oder vierzehn war: Eines Samstags hatte er beim Heimkommen seine Mutter am Telefon überrascht: Sie unterhielt sich mit ihrer Schwester in Tel Aviv. Er war in Tränen ausgebrochen und hatte verzweifelt gerufen: Warum lebt ihr nicht in Heiligkeit?

Siehst du? Die Angelegenheiten der Menschen sind immer außerordentlich komplex. Deshalb sage ich dir, das Wichtigste ist die Ehrlichkeit, damit kann man überallhin gelangen.«

Obwohl es kaum sechs Uhr war, wurde es draußen schon

finster, und mit der Dunkelheit war eine leichte Brise aufgekommen, die von den Hügeln zum Meer hin wehte; die Bougainvillea vor dem Fenster bewegte sich und raschelte wie Seidenpapier, von den nahen Ställen klang das Muhen eines Kalbs herüber, ein Flehen, das unbeantwortet blieb: Vielleicht rief es nach der Mutter, die schon zum Schlachthof gebracht worden war. Der Onkel goss sich ein Glas Milch ein und trank es in einem Zug leer; es war sehr heiß, die Klimaanlage hatte sich längst ausgeschaltet. Wahrscheinlich hatte der Onkel schon lange nicht mehr so viel gesprochen, mit einem Seufzer lehnte er sich auf dem Sofa zurück und blickte mich an: »Und du, woran glaubst du?«

3

Die Last der Nacht ist die Last der Fragen, auf die es keine Antwort gibt. Die Nacht gehört den Kranken, den Unruhigen, es gibt keinen Ausweg aus ihrer Tyrannei. Man kann das Licht anknipsen, ein Buch aufschlagen, im Radio nach einer tröstlichen Stimme suchen, doch die Nacht lauert weiter im Hinterhalt: Aus der Dunkelheit kommen wir, in die Dunkelheit kehren wir zurück, und dunkel war der Raum, bevor das Universum Gestalt annahm.

Vielleicht sind deshalb die Städte immer heller erleuchtet und voller Attraktionen: Zu jeder Nachtzeit kann man, wenn man will, etwas essen, einkaufen, sich vergnügen. Stille und Dunkelheit werden auf die wenigen Stunden beschränkt, in denen man vor Müdigkeit umfällt und versuchen muss, etwas Kraft zu sammeln, um weiterzumachen, dieser Schlaf aber ist nicht von brennenden Fragen durchzogen, er gleicht einer Ohnmacht, ist der kurze Moment, in dem der Körper sich der Physiologie beugen muss, um dann vor einem Bildschirm zu erwachen, dessen Fernbedienung wir, wir allein in der Hand haben.

Woran glaubst du?, hatte mich der Onkel gefragt. In der Stille der Nacht wälzte ich mich im Bett hin und her und konnte keine Ruhe finden. Ich wusste, dass der Schlaf ausbleiben würde, doch hoffte ich, vergeblich, wenigstens auf eine Art oberflächlichen Schlummer. Die Frage hing in der Luft und zog viele andere nach sich, allen voran ihre Zwillingsschwester: Warum lebst du?

Woran glaubst du? Warum lebst du? Jedes Kind müsste bei der Geburt ein Pergament mit diesen beiden Fragen mitbekommen, die es beantworten soll. Mit demselben Blatt – ausgefüllt mit allen Taten unseres Lebens – müsste man sich dann auch angesichts des Todes einfinden.

Wenn die Nacht und die Stille ausgelöscht werden, bleibt kein Raum mehr für Fragen – und darum das Pergament: Damit kein Kind, das geboren wird, glaubt, es sei nur ein Gegenstand unter vielen, wenn auch vielleicht der vollkommenste; es soll wissen (falls es ihm im Lauf der Jahre passiert, dass es eine schlaflose Nacht verbringt), dass es nicht von einer Krankheit wach gehalten wird, sondern nur von seiner Natur, denn nur der Mensch – und kein anderes Wesen – besitzt die Fähigkeit, sich Fragen zu stellen.

Woran glaubst du?

Man kann an vieles glauben, an das Erste, was dir vorgesetzt wird, zum Beispiel: Wenn ein Kind seinen Brei isst, hält es ihn für den besten der Welt, da es noch nie etwas anderes gekostet hat; wenn ein schlüpfendes Küken sein Ei vor einer Katze aufpickt, sucht es bei ihr Nahrung, da es sich für ihr Kind hält.

Kann man es akzeptieren, ein Leben lang den gleichen Brei zu essen, oder darf man ihn an einem bestimmten Punkt ablehnen und das Gesicht wegdrehen, wie es das Kind macht, wenn es satt ist?

Womöglich wird einem bewusst, dass keiner da ist, der einem Essen vorsetzt, und so ausgehungert und durstig befällt einen unbändige Nervosität. Um sich zu beruhigen, gibt es dann nur eins: sich in Bewegung zu setzen, loszuspazieren, durch die Gegend zu ziehen, um Fragen zu stellen – und sich selbst zu fragen –, auf der Suche nach einem Gesicht, das zu antworten fähig ist.

Woran glaubst du also?

Ich glaube an den Schmerz, er ist der Beherrscher meines Lebens: Er besitzt mich, seit ich die Augen aufgemacht habe, er durchzuckt meinen Geist und meinen Körper, elektrisiert, zerstört, deformiert mich; er hat mich vom ersten Augenblick an untauglich für das Leben gemacht: der Schmerz hat einen Timer in mein Herz eingepflanzt, der wahrscheinlich eine Explosion auslösen wird.

Schmerz, nicht Freude bestimmt meine ersten Erinnerungen; Angst, Furcht, nicht die heitere Gewissheit, dazuzugehören. Während ich auf der Suche nach meiner Mutter zwischen den von Exzessen betäubten Körpern herumkrabbelte, sie betrachtete, wie sie jedes Mal neben einem anderen Freund schlief, konnte ich da etwas anderes empfinden als ein Gefühl der Verlorenheit? Schon damals ahnte ich, dass ich nicht ein Kind der Liebe, sondern des Zufalls war, und diese Empfindung weckte in mir keinen Groll, sondern ein seltsames Bedürfnis, meine Mutter zu beschützen; immer erkannte ich hinter ihrer erzwungenen Fröhlichkeit einen Hauch von Traurigkeit, ich spürte, dass sie abdriftete, und hätte mein Leben gegeben, um das zu vermeiden.

Woher kommt meine Seele? Hat sie sich gemeinsam mit mir herausgebildet oder ist sie dem Mysterium der Zeit außerhalb der Zeit entsprungen? Ist sie etwa, gegen die Naturgesetze verstoßend, herabgekommen, um einem Körper beistehen zu können, der sie aus Versehen angelockt und dazu verdammt hat, im Leid des Nicht-angenommen-Seins und der Ortlosigkeit zu leben, nach dem Motto »es ist ganz gleich, weshalb, für wen ich hier bin«, wie mein Vater es ausgedrückt hat, »alles reproduziert sich sowieso unausweichlich, vom Schimmel bis zum Elefanten«?

War ich also ein Kind der Unausweichlichkeit?

Wenn nachts in Triest die Bora weht, findet sich häufig eine kleine Gruppe Demonstranten vor dem Justizpalast ein, um gegen irgendeinen Missbrauch zu protestieren, und schimpft mit stets wachsender Wut bis zum Morgengrauen.

Ist es der Zufall, der im Justizpalast verbarrikadiert ist, beschützt von Eisengittern und Wachen? Verbirgt er sich dort, weil er Angst hat? Muss man dem Zufall die Fragen stellen? Und wovor sollte er sich fürchten, wenn nicht vor den Fragen der Menschen, vor den Unausweichlichkeiten, die er ohne die geringste Erklärung auf die Bühne des Welttheaters geschickt hat?

Während ich weiter über den Zufall nachdachte, beschloss ich aufzustehen: Es war noch dunkel, der blinkende Wecker zeigte drei Uhr, in ein paar anderen Häuschen brannte schon Licht. Nachts musste der Zufall einer Menge Bittsteller entgegentreten: Jede angezündete Lampe eine Beunruhigung, ein Bruch, eine Brücke ins Leere; jedes Licht eine quälende Erinnerung, dachte ich, während ich die Reihen von Zitrusbäumen entlangging.

Am Ende des Feldes angekommen, setzte ich mich auf einen Stein, die nächtliche Brise hatte sich gelegt, die Geräusche, die Gerüche, nichts rührte sich. Ich fühlte mich wie im Theater vor dem Beginn des Konzerts, das Orchester war schon vollständig an seinem Platz, der Dirigent stand schon auf dem Podium, doch sein Arm bewegte sich noch nicht: Blick, Verstand, Herz, Muskeln, alles wartete darauf, in der Harmonie des Klangs aufgehen zu können.

Es war noch Nacht, als im arabischen Dorf auf dem Abhang des Hügels der Hahn krähte, wenig später überzog sich der Himmel mit einem hellen Schimmer.

Auf dem Rückweg vom Feld hörte ich einen melodischen Gesang aus einem der Häuser dringen: Jemand betete in der Einsamkeit der Morgendämmerung. War es ein Dank- oder ein Stoßgebet?, fragte ich mich, als ich mein Bett erreichte. Und erhoben sich die Fragen etwa nicht alle auf die gleiche Weise in der Nacht? Und wenn die Fragen nichts anderes wären als die einzige Form von Gebet, die uns gestattet ist?

In der darauffolgenden Woche begann ich, im Kibbuz zu arbeiten, ich half mit, wo es nötig war. Auf den Feldern gab es zurzeit nicht viel zu tun, also war ich meist in der Küche oder in dem großen Raum der Wäscherei.

Eines Abends beschloss der Onkel, mir die Geschichte seines Vaters zu erzählen, die du damals nicht den Märchen von der kleinen Meerjungfrau und vom hässlichen Entlein hinzufügen wolltest.

Die Atmosphäre in Triest wurde unerträglich. Viele ihrer Freunde hatten sich schon in Sicherheit gebracht und ihnen bei der Abreise geraten, es ebenso zu machen, doch sein Vater Ottavio sträubte sich allein beim Klang des Wortes »Flucht«. Warum sollte ich fliehen?, sagte er.

Diebe, Mörder, Verbrecher, Feiglinge laufen davon, die, die etwas zu verbergen haben, aber ich, was habe ich denn Böses getan?

»Nicht das Wissen, getauft zu sein, verlieh ihm diese unerschütterliche Ruhe«, präzisierte Onkel Gionata, »sondern echte innere Distanz zu dem, was rund um ihn geschah: Er fasste es nicht, dass man so weit gehen konnte, jemanden nur wegen des Nachnamens, den er trug, zu töten.«

»Ich bin italienischer Staatsbürger«, hatte er gerufen, als sie ihn abholten, als könnte die geographische Zugehörigkeit ihm eine Art magischen Passierschein gewährleisten.

Er, Onkel Gionata, war gerettet worden, weil er auf dem Weg nach Hause einer Frau begegnet war, die seit Jahren vom Karst herunterkam, um ihnen Butter zu bringen, und auf seine blonden Haare und seine blauen Augen vertrauend, war er mit ihr zusammen weitergegangen und hatte so getan, als sei er ihr Sohn.

So hatte er ohnmächtig und stumm der Verhaftung seiner Eltern zugesehen.

Er war nicht mehr in die Villa zurückgekehrt, die Milchfrau hatte ihn auf die Hochebene mitgenommen, und dort war er bis Kriegsende geblieben.

»Vielleicht«, fügte der Onkel gedankenverloren hinzu, »habe ich mich zu der Zeit statt für die Bücher für die Erde entschieden, weil das bedruckte Papier nur Fragen enthielt, während auf den Feldern das Leben war, und das Leben ging auf jeden Fall weiter.«

In den folgenden Wochen war es dem Bischof, der Ottavio seit Jahren als Musiker schätzte, durch einen gewissen freundschaftlichen Druck auf den Präfekten gelungen, seine Freilassung zu erreichen, doch der Passierschein galt nur für eine Person, deshalb hatte sein Vater ihn ausgeschlagen.

Am Tag von Yom Kippur des Jahres 1944 wurden seine Eltern nach Polen deportiert, wo sich die Spuren seiner Mutter sofort in der trostlosen Ebene verloren.

Das Rote Kreuz hatte Onkel Gionata dann drei Monate nach Kriegsende mitgeteilt, dass sein Vater noch am Leben war.

»Im Herbst 1945«, fuhr der Onkel fort, »kehrte mein Vater nach Triest zurück, körperlich nicht wiederzuerkennen, doch im Geist offenbar unverändert. Er rief sofort seinen alten Klavierstimmer, setzte sich auf seinen Hocker und begann zu spielen. Es schien, als spürte er kein anderes Bedürfnis als dieses, Essen, Trinken, Schlafen, Spazierengehen interessierte ihn nicht, er wollte nur spielen: spielen, sonst nichts.

Zuerst dachte ich, die Musik – und ihre herausragende Rolle in seinem Leben – habe entscheidend zu seiner Rettung beigetragen, doch sollte ich bald eines Besseren belehrt werden.«

Einen Monat später bat Onkel Ottavio nachdrücklich darum, ein Konzert veranstalten zu dürfen. Sein Wunsch wurde prompt erfüllt.

Gionata erinnerte sich noch genau an jenen Abend: Der Saal war übervoll, das Publikum aufmerksam, mucksmäuschenstill, kein Niesen, kein Husten, alle schienen hingerissen von der beinahe metaphysischen Innigkeit des Spiels. Selbst das Gesicht des Pianisten wirkte wie verklärt. Während er ihn betrachtete, ergriff auch den Sohn ein Gefühl der Beunruhigung.

Wer war der Mensch, der da spielte? War das sein Vater, der Mann, den er seit jeher kannte, oder sah er nur so aus? Die Hände glitten über die Tasten, doch in seinem Blick lag keine Freude mehr, ein kaltes, distanziertes Licht schien ihn in die Ferne zu ziehen, an einen Ort, wo man ihn nicht erreichen konnte.

Am Ende erhob sich das Publikum und klatschte wie wild in einer Ovation, die zehn Minuten dauerte, während es lauthals Zugaben forderte, doch nach einer knappen Verbeugung brachte Onkel Ottavio den Saal zum Schweigen, indem er mit einer schneidenden Handbewegung von links nach rechts die Luft zerteilte, als wollte er sagen: Nein, es ist nicht mehr möglich. Drängt nicht weiter. Ich habe abgeschlossen.

»Unvergesslich, wirklich unvergesslich …«, murmelten viele, als sie im Foyer ihren Mantel holten. Ob sie sich auf das Konzert oder dessen ungewöhnlichen Abschluss bezogen, war unklar.

Am folgenden Tag stand Onkel Ottavio auf, warf alle seine Partituren in den Ofen, klappte den Flügel zu, zog den Mantel an und verließ das Haus.

Hinausgehen war von jenem Tag an – den ganzen Winter über – seine einzige Beschäftigung. Er brach im Morgengrauen auf und kehrte spätabends zurück, ab und zu berichteten Bekannte, sie hätten ihn auf den Uferpromenaden getroffen, in Muggia oder in Aurisina. Er ging mit gesenktem Kopf und erkannte niemanden, die Freunde grüßten ihn, doch er lief vorbei, bewegte ununterbrochen die Lippen, als diskutierte er lebhaft mit sich selbst. Er wusch sich nicht mehr, rasierte sich nicht, trug stets denselben schmutzigen Mantel, ausgetretene Bergstiefel und einen tief in die Stirn gezogenen Hut; um die Taille hatte er einen mehrere Meter langen Strick geschlungen.

Mit ebendiesem Strick begann er nach einigen Monaten, Hunde mit nach Hause zu bringen.

Die ersten waren zwei kleine Jagdhundmischlinge, er brachte sie im Garten unter; eine ganze Woche blieb er zu Hause, um ihnen neben der Garage rudimentäre Zwinger aus Maschendraht zu bauen. Als er fertig war, nahm er seine gewohnten Wanderungen wieder auf. Er ging morgens früh weg, und wenn er abends zurückkam, brachte er, an seinen Stricken festgebunden, immer irgendeinen neuen Hund mit.

»In kürzester Zeit«, erinnerte sich Onkel Gionata, »wurde die Situation unerträglich: Die Tiere verschmutzten alles, sie bellten, zerfleischten sich gegenseitig, wenn sie um das Futter kämpften: Mein Vater fütterte sie nämlich nicht regelmäßig, sondern nur, wenn es ihm einfiel oder er Lust dazu hatte, und er erlaubte auch niemandem sonst, sich darum zu kümmern; einmal hatte ich gewagt, es zu tun, und er war wie ein Wahnsinniger über mich hergefallen. Wenn die Hunde stritten, stürzte er sich auf sie, prügelte mit einem Stock blind auf sie ein, bis sie aufhörten und er erschöpft zu Boden fiel; wenn sie dagegen still und satt waren, streichelte er sie stundenlang, unterhielt sich mit ihnen in ruhigem, gelassenem Ton. Ihr, wiederholte er, zwischen ihnen sitzend, als wären sie Kinder, ihr habt ein wirklich treues Herz … und schwanzwedelnd leckten ihm die Hunde mit kleinen raschen Bewegungen ihrer Zungen die Hand.

Es war offensichtlich, dass man ihn ins Krankenhaus

bringen und behandeln lassen musste, aber wie? Er hätte das nie akzeptiert, und ich konnte ihn ja nicht zwingen.

Die Frage war sehr heikel, wie konnten wir ihm helfen? War es überhaupt möglich? Und vor allem, war es richtig? Wollte er wirklich wieder der Pianist von früher sein, oder bezeichnete diese endgültige Geste am Schluss des Konzerts die definitive Trennungslinie zwischen dem Vorher und dem Nachher, zwischen dem, was er war, und dem, wozu sie ihn gemacht hatten? Sollte nicht vielleicht dies – der Tod der Schönheit – das Zeugnis seines Lebens von da an bis zum Tode sein?

Vermutlich mussten wir nicht ihn behandeln, sondern vielmehr unsere Unfähigkeit, die Verwüstung auszuhalten, den Anblick des Guten, das sich in Böses verwandelte. Im Grunde gaben wir uns anfangs alle der Illusion hin, dass wir weitermachen könnten, als wäre nichts geschehen. Ein bisschen Böses kann man mit ansehen, doch wenn es so dunkel und so dicht wird, dass es den ganzen Horizont verdeckt, kann man dann immer noch zuschauen?

Zum Glück gibt es den Tod, er wenigstens ist manchmal barmherzig. Eines Tages kam ich nach Hause und hörte die Hunde nicht bellen, kümmerte mich aber nicht weiter darum: Erst später, als ich sie alle seltsam unbewegt vom Badezimmerfenster aus dasitzen sah, bin ich in den Garten geeilt und habe ihn gefunden.

Mit offenen Augen lag er mitten im Zwinger und schien zu lächeln. Sein Herz war plötzlich stehen geblieben, ohne Schmerz. Anstatt ihn zu zerfleischen, wachten die Tiere schweigend bei ihm und klopften abwechselnd mit dem Schwanz, als teilten sie sich etwas mit. Es heißt, Hunde könnten den Todesengel sehen. Damals dachte ich, so ist es, vielleicht sind sie selber Engel, weil sie ihrem Herrn auf diese Weise ihr Herz darboten. Jedenfalls hatte ich wenigstens die Beruhigung zu sehen, dass er heiter gestorben war. Ein schwacher Trost, der sich nachts verflüchtigt, wenn ich denke, dass wahrscheinlich die grausamsten Verbrecher mit dem gleichen Ausdruck auf dem Gesicht sterben.«

4

Abends nach dem Essen begann ich, in meinem Zimmer die Bibel zu lesen. Da ich keine entsprechenden Vorkenntnisse besaß, ging ich nicht systematisch vor, sondern schlug sie hier und dort auf und suchte mit dem Blick nach etwas, das ein Echo in mir weckte. Wer weiß, warum du mir unter all den Büchern, die wir zusammen gelesen haben, nie die Bibel nahegebracht hast. Hattest du Angst, mich zu beeinflussen? Oder dass du nicht fähig wärst, wahrheitsgemäß und mit Bestimmtheit auf meine Fragen zu antworten?

Hast du deshalb nie mit mir über Onkel Ottavio gesprochen?

Vermutlich wolltest du das Thema aufschieben, bis ich größer war, und als ich dann endlich ins richtige Alter kam, hat dich die Heftigkeit meiner Unrast überwältigt, gleich darauf folgte deine verheerende Krankheit, und so wurden die Überlegungen zu Gedächtnis und Erinnerung hinweggefegt.

Welche Wurzeln hattest du mir gegeben?

Deine Liebe, sicherlich, aber worauf gründete sie, woraus speiste sie sich, was trug sie über den natürlichen Lauf der Genetik hinaus?

Und warum hattest du meine Mutter nicht lieben können, aus welchem Grund hattest du sie dahintreiben lassen wie ein steuerloses Boot?

Hättest du etwas tun können?

Oder ist es immer der Fluss der Geschichte, der die Leben mitschleift, sie fortreißt? War meine Mutter ein Kind ihrer Zeit, so wie du ein Kind der deinen und ich später der meinen?

Und wenn die Geschichte nun doch ein Strom wäre, dem man sich auch widersetzen, dessen Lauf man mitbestimmen kann? Wenn gerade in der Geschichte das Geheimnis der Rettung verborgen läge? Wenn die Rettung darin bestünde, dem leuchtenden Weg der Wahrheit zu folgen?

Welcher Wahrheit aber?

Bis dahin hatte ich immer gehört, dass es die eine Wahrheit nicht gibt.

»Die Wahrheit hängt vom Standpunkt ab«, hatte mein Vater eines Tages zu mir gesagt, »und da es unendlich viele Standpunkte gibt, sind auch die Wahrheiten unendlich viele. Wer behauptet, die Wahrheit in der Hand zu halten, hält in der anderen schon das Messer bereit, um sie zu verteidigen. Wer Gott auf seine Seite zieht, tut es, um dich anschließend zu töten. Denk daran, was auf den Gürteln der Nazis stand – *Gott mit uns* –, erinnere dich an die Scheiterhaufen, auf denen die Katholiken diejenigen, die nicht so dachten wie sie, bei lebendigem Leib verbrannten. Wahrheit und Tod gehen immer nebeneinander.«

Von der Bibellektüre angeregt, entschloss ich mich an jenem Wochenende endlich, den Kibbuz zu verlassen und das Land zu erkunden.

Ich fuhr mit dem Bus nach Zefat und setzte mich auf ein Mäuerchen, um einen Teil des Proviants zu essen, den ich aus der Küche mitgenommen hatte. Hämmernde Musik drang aus einigen der Touristenlokale an der Stadtmauer, während der Fremdenführer einer kleinen Gruppe müder und gelangweilter Amerikaner in flüssigem Englisch die Schönheiten des Ortes beschrieb.

»In den ersten Jahrhunderten war Zefat vor allem eine Festung, ein Bollwerk des Widerstands gegen die römischen Invasoren. Erst im 16. Jahrhundert wurde es zu einem der bedeutendsten Zentren der mystischen jüdischen Kultur, und aus derselben Epoche stammen die wichtigsten Synagogen, die Sie hier bewundern können.«

Seltsam monotone metallische Geräusche überlagerten seine Worte: Nicht weit entfernt drückte der Sohn eines nicht mehr jungen Paares hektisch die Knöpfe eines Computerspiels, ohne die Augen vom Bildschirm zu heben. Dreimal ermahnte der Vater ihn aufzuhören, beim vierten Mal riss er ihm das Spiel aus der Hand, indem er ihn aufgeregt anschrie: »*These are your roots!*«

Die Blätter der Bäume bewegten sich leicht in der warmen Luft, die von der Ebene heraufstieg. Weiter drüben, den Aufwind nutzend, zogen zwei Störche – mit ausgebreiteten Schwingen und gestreckten Beinen – große Kreise in der Luft.

Am frühen Nachmittag ging ich nach Tiberias hinunter. Ich hatte ein armes Fischerdorf erwartet, stattdessen landete ich in einer touristischen Kleinstadt, einer Mischung aus Rimini und Las Vegas. Alles war geprägt von der traurigen Atmosphäre von Badeorten außerhalb der Saison, der Geruch nach kaltem Frittierfett, die (zur Hälfte ausgeschalteten) Leuchtreklamen, der Souvenirladen, den ich betrat, um eine Ansichtskarte zu kaufen.

Hier ist ein Vorposten, der dir gefallen würde …, schrieb ich auf die Rückseite und schickte sie meinem Vater.

Jene erste Nacht verbrachte ich in einer Pension in Tiberias, am nächsten Morgen brach ich nach Kapernaum auf.

Der Wind hatte sich erhoben, drohende Wellen liefen über die Weite des Sees.

Ich machte einen kurzen Abstecher zu den Ausgrabungsstätten von Tabgha, auf deren Parkplatz schon drei Busse standen.

Als ich die Freitreppe erreichte, begegnete ich einer bunt gemischten Gruppe von Italienern, hauptsächlich Rentnerehepaare, die, nach ihrem Tonfall zu urteilen, aus dem Veneto stammten und alle die gleichen bunten Halstücher und Schirmmützen trugen: Vielen von ihnen stand ins Gesicht geschrieben, dass sie ihr Leben lang in der Landwirtschaft gearbeitet hatten, einige Frauen waren elegant gekleidet – Strickjacke, Rock und Blüschen –, mit altmodischen Handtaschen unter dem Arm und Dauerwellen, die gänzlich unberührt waren von den Trends des neuen Jahrtausends.

Ein Priester mittleren Alters begleitete sie, vermutlich ihr Pfarrer.

»Kommen Sie … Bleiben Sie zusammen … Hören Sie zu …«, wiederholte er mehrfach, besorgt wie eine Lehrerin auf einem Schulausflug.

Doch abgesehen von drei oder vier Frauen aus der Gemeinde, die nicht von seiner Seite wichen, schenkte ihm die restliche Gesellschaft nicht sonderlich viel Beachtung und schien sich mehr für die vergnügliche Seite des Ortes zu interessieren: Die Unerschrockensten hatten schon die Schuhe ausgezogen, standen im Wasser und spritzten sich lärmend gegenseitig nass wie Kinder.

Einige der Umstehenden hielten das Geschehen mit raffinierten hochtechnischen Apparaten fest: Sie prüften die Einstellung, filmten, fotografierten, ohne je das Auge von der Kamera abzuwenden.

Unterdessen fuhren noch mehr Busse am Seeufer vor und spien eine neue Welle von Pilgern aus: diesmal Deutsche und Koreaner.

»Ein sehr frühes Zeugnis von der Existenz dieses Ortes verdanken wir der Pilgerin Egeria …«, legte eine deutsche Reiseleiterin sofort los, während sie ein Schild mit dem Namen des Reiseveranstalters hochhielt. »Im Jahr 394 nach Christus schrieb sie: ›Unweit sah man die Steinstufen, auf denen der Herr stand, und über dem Meer liegt ein Feld mit viel Gras und vielen Palmen, bei denen sieben Quellen reichlich fließen …‹ Schauen Sie, hier links unter der achteckigen Konstruktion ist noch die Hauptquelle, das Wasser sprudelt mit zweiunddreißig Grad heraus und ist schwefel- und salzhaltig, es handelt sich also um Thermalwasser.«

Die Mitteilung über die Heilkraft der Quelle schien die Damen aus Deutschland zu begeistern: Sogleich schwärmten sie aus auf der Suche nach einem Rinnsal, in das sie den Finger tauchen könnten, um in Tiberias die gleichen Empfindungen zu erleben, die sie aus Abano Terme kannten.

Die koreanische Gruppe war disziplinierter und geschlossener. Alle folgten sie aufmerksam den jeweiligen

Hinweisen ihres Priesters, als wären sie Teil eines einzigen Organismus.

Und endlich wurden auch die Bemühungen des Pfarrers aus dem Veneto belohnt: Nachdem er nämlich vergebens gewunken und gerufen hatte, gelang es ihm mit wenigen Pfiffen einer Trillerpfeife (derselben wahrscheinlich, die er auf dem Sportplatz seiner Pfarrei benutzte), seine Herde um sich zu versammeln und ihr die Geschichte aus dem Evangelium vorzulesen, die an diesem Ort spielt: »*Zu der Zeit, da viel Volks da war, und hatten nichts zu essen, rief Jesus seine Jünger zu sich und sprach zu ihnen: ›Dies Volk jammert mich, denn sie haben nun drei Tage bei mir verharrt und haben nichts zu essen. Ich will sie nicht hungrig von mir lassen, damit sie nicht auf dem Weg verschmachten.‹ Seine Jünger antworteten ihm: ›Woher nehmen wir Brot hier in der Wüste, dass wir so viel Volk sättigen?‹ Und er fragte sie: ›Wie viel Brote habt ihr?‹ Sie sprachen: ›Sieben und zwei Fische.‹ Und er gebot dem Volk, dass sie sich auf die Erde lagerten, nahm die sieben Brote und die Fische, und dankte, und brach sie und gab sie seinen Jüngern, und die Jünger legten sie dem Volk vor.*«

Nachdem er geendet hatte, blickte der Pfarrer auf: »Wie viele von uns wären fähig, Christus tagelang zu folgen, ohne zu essen? Wären wir in der Lage, so viel Hingabe zu zeigen, nur um sein Wort zu hören? Und wie bereit sind wir, es aufzunehmen? Ist es ein Wort, das uns beunruhigt? Oder ist es ein Wort, auf dem wir uns niederlassen wie auf einem weichen Kissen?«

Als er die Umstehenden zuletzt aufforderte: »Sammeln wir uns also für einen Augenblick in Betrachtung und Gebet, damit wir den tiefen Sinn unserer Pilgerfahrt begreifen…«, nahmen einige der Gemeindemitglieder einen schmerzlich versunkenen Gesichtsausdruck an, während sich andere leicht verlegen oder zerstreut umsahen, als überlegten sie, wie lange es wohl noch bis zum Picknick dauerte.

Der Wind, der vom See her kam, war unterdessen stärker geworden und wehte ein paar Schirmmützen auf die antiken Steine; die Halstücher flatterten wie Fahnen, während von den Eukalyptusbäumen das trockene Rascheln der Blätter herüberklang, vermischt mit dem Tschilpen der Spatzen.

Auf den Stufen des Amphitheaters sitzend, musterte ich aufmerksam die Gesichter um mich herum; wenn sie sich entschieden hatten, bis hierher zu kommen, dachte ich, mussten sie doch irgendetwas glauben, sonst hätten sie es vorgezogen, sich auf den Kanarischen Inseln in der Sonne zu aalen.

Das Auge ist des Leibes Licht. Wenn dein Auge einfältig ist, so wird dein ganzer Leib licht sein, hatte ich heute Morgen, als ich auf den Bus wartete, im Matthäus-Evangelium gelesen.

Waren die Körper der Menschen hier licht, lag Einfältigkeit in ihrem Blick? Oder doch eher Konformismus, Sentimentalität und Aberglaube: Ich tue es, weil die anderen es tun, weil ich für mein Gut-Sein bewundert werden möchte, weil ich auf jeden Fall vor den großen ungerechten Mächten, die das Universum beherrschen, beschützt werden will; tragen sie deshalb um den Hals anstelle eines Korallenhorns das Kreuz, oder, um ganz sicherzugehen, vielleicht beides und nehmen, da sie nun schon dabei sind, auch noch ein Fatima-Händchen dazu?

Sah so der Glaube aus, oder musste man etwa genau diese Art von Glauben ablehnen? Und welche Beziehung bestand zwischen Glaube und Religion? Konnte man eine Religion ausüben und keinen Glauben haben und umgekehrt? Was kam vom Himmel, und was war Schwäche des Menschen? Was war Wahrheit und was die Gier nach Anerkennung?

Solange ich dort sitzen blieb, ließ ich meine Augen umherwandern, um zu sehen, ob andere Augen mir antworteten, doch es war, als schlitterte ich über eine Eisfläche oder Plexiglas: Wahrscheinlich strahlte ich ja selbst kein bisschen Licht aus, aber von der Menschenmenge vor mir kam auch nicht der geringste Schimmer.

Ich wollte schon aufgeben, als ein Leuchten meinen Blick kreuzte, das vom lichten Gesicht einer zierlichen alten Koreanerin ausging; ihre Landsleute stiegen gerade wieder in den Bus, sie aber kam, wer weiß, warum, lächelnd auf mich zu, nahm mit beiden Händen meine Hand und drückte sie fest, als wollte sie mir sagen: Nur Mut, weiter so. Dann trippelte sie, nach einer kurz angedeuteten Verbeugung, eilig zu ihrem Bus.

Viele Stunden später traf ich in Kapernaum ein: auch dort die übliche Belagerung durch Touristenbusse.

Vielsprachig schwirrten die Erklärungen von Fremdenführern und Reiseleitern durch die Luft, ab und zu schnappte ich etwas davon auf, während ich durch die bunte Menge auf die Ausgrabungsstätte zuging.

Von der antiken Synagoge waren nur noch vier weiße Kalksteinsäulen und am Boden einige Fragmente von Basreliefs mit eingemeißelten Granatäpfeln und Trauben übrig.

»Hier führte die antike Via Maris vorbei, die Straße, die Syrien und Mesopotamien mit Ägypten und Palästina verband …«, erklärte ein Mann mit einem Erkennungszeichen in der Hand, »vor allem für die großen Handelskarawanen zwangsläufig der einzige Weg. Und in diese Synagoge zog Jesus, um zu predigen, nachdem er Nazareth verlassen hatte … kann sich jemand denken, warum?«

»Weil es zuging, wie auf einem Rastplatz für Fernlaster …«

»Oder wie in einem großen Kaufhaus …«

»Genau! Jesus hatte sie gewählt, weil hier so viele Menschen vorbeizogen. Sie wurde dann 665 zerstört, wahrscheinlich bei einem Erdbeben …«

Die Sonne stand im Zenit, und es war ziemlich heiß.

Als ich dem Strom der Menschen folgte, die locker durcheinander schlenderten und in ihre Brötchen bissen oder aus kleinen Flaschen Mineralwasser tranken, kam ich an einen schattigen Platz im südlichsten Teil der Ausgrabungen und setzte mich, um ebenfalls etwas zu essen.

Von all dem, was die kleine Geburtsstadt Petri ausgemacht haben musste, war nichts geblieben als die Grundmauern der Häuser: »Hier saß Matthäus am Zoll, hier lebte Simon mit seiner Schwiegermutter«, wiederholten die Fremdenführer unverdrossen mit eintöniger Stimme.

Ich fragte mich gerade, wieso, wenn von Simon Petrus die Rede war, immer nur diese eine Verwandtschaftsbeziehung erwähnt wurde, warum Frau und Kinder nie auftauchten, als mein Blick auf eine Art monströses Raumschiff aus Glas und Zement fiel, das seine sechs massiven Eisenbeine in die Erde bohrte und die Aussicht auf den See vollkommen versperrte.

Was war das?

Auf den ersten Blick sah es aus wie ein Tanzlokal aus den sechziger Jahren oder irgendein sonderbarer Tempel von Ufo-Anbetern.

»Hier stand Petrus' Haus«, wiederholten die Fremdenführer mit Nachdruck, auf die bescheidenen, von dem düsteren Raumschiff verdunkelten Mauerreste zeigend.

Die Schwiegermutter hätte allen Grund gehabt, ihren Schwiegersohn zu hassen, dachte ich, falls sie ihm die Strafe verdankte, dass die Erinnerung an sie nun unter Tonnen von Glas und Zement begraben war. Doch vielleicht war nicht Petrus daran schuld, sondern eher die bornierte Eitelkeit der Menschen, die sich anmaßen, überall Zeichen ihrer Macht zur Schau zu stellen.

Dutzende von kleinen Münzen glitzerten, von den Touristen geworfen, auf dem antiken Fußboden des Hauses. Der Sinn dieser Geste war mir unbegreiflich. Sollte sie gnädig stimmen, Glück bringen? Oder handelte es sich etwa um eine vorsorglich begonnene Kollekte, um dieses Monster eines nicht so fernen Tages niederreißen zu können und Kapernaum seinen Zauber zurückzugeben?

Es war spät geworden. Ich wäre gern noch zum Berg der Seligpreisungen hinaufgestiegen, war mir aber nicht sicher, ob ich dann rechtzeitig in den Kibbuz zurückkommen würde, wie ich es dem Onkel versprochen hatte; deshalb ging ich zur Bushaltestelle.

Auf der Fahrt, während die Landschaft rasch in Dunkelheit versank, überdachte ich noch einmal den vergangenen Tag. *Die Lehre des Weisen ist eine lebendige Quelle*, hatte ich kurz vorher in der Bibel gelesen.

Waren mir an diesem Tag Weise begegnet? Oder in früheren Jahren?

Die einzigen Priester, die je meinen Weg gekreuzt hatten, waren die aus dem Fernsehen. Ich konnte mich nicht an ihre Reden erinnern, abgesehen von einer diffusen moralistischen Sentimentalität, die in meinem Geist keine Tür geöffnet, sondern höchstens die zu meinem Herzen zugeschlagen hatte.

Was war Weisheit wirklich? Vielleicht jener Schmerz, der seit jeher durch meine Wirbelsäule kroch?

An diesen Ufern hatte der Rabbi von Nazareth Tausende gespeist: Gab es noch Brote und Fische zu verteilen? Und welchen Hunger sollten sie stillen? Wonach hungerte den modernen Menschen, der alles besaß außer sich selbst? Nach Ruhm, nach Triumphen, nach Urteilen, nach Trennungen, oder vielleicht einfach danach, eine Schwelle zu entdecken, um auf ihr niederzuknien?

5

In den folgenden Monaten verlief mein Leben in geordneten Bahnen, ich arbeitete in der Wäscherei zusammen mit einer Gruppe älterer Damen, die Jiddisch sprachen; während sie die Wäsche zusammenlegten, bediente ich die Mangel. Dank meiner Deutschkenntnisse konnte ich sie auch verstehen und ein bisschen mit ihnen plaudern.

Meine Freizeit verbrachte ich meistens mit dem Onkel, auch er schien sich zu freuen, einen verloren geglaubten Zweig der Familie wiedergefunden zu haben. Abends unterhielten wir uns bis spät in seinem Wohnzimmer oder gingen unter den Zitrusbäumen spazieren, die er selbst gepflanzt hatte.

»Am Anfang«, sagte er zu mir, »wurde mir diese Arbeit einfach zugewiesen. Ob ich einen Baum pflanzte oder eine Mauer baute, war mir zuerst ganz gleich, ich sah keinen Unterschied; aber im Lauf der Jahre, als ich die Bäume pflegte und wachsen sah, habe ich eine wahre Leidenschaft entwickelt. Meine Frau stichelte oft: ›Du denkst mehr an sie als an deine Kinder‹, und vielleicht hatte sie recht.

Das Schicksal der Kinder hatte im Grunde auch etwas Unabänderliches, ich wusste, dass sie sich trotz aller meiner Bemühungen, sie auf die bestmögliche Weise aufzuziehen, irgendwann selbst – und vollkommen frei – entscheiden konnten, einen falschen oder einfach anderen Weg als ich einzuschlagen.

Bei meinen Bäumen war das anders. Sie hingen von meiner Pflege ab, waren angewiesen auf Wasser, wenn die Erde austrocknete, auf Mineralöl, das sie vor der Schildlaus schützte, auf die richtige Menge Dünger am Ende des Winters, denn eine falsche Kompostzusammensetzung hätte zu viele Blätter hervorgebracht oder deren Abfallen oder sogar gefährliche Verbrennungen verursacht. Diesen Fehler machte ich am Anfang oft: Wie eine besorgte Mutter gab ich dem Boden zu viel Nahrung, weil ich dachte, es täte ihm gut, aber er wurde davon krank. Dünger muss richtig dosiert und zur richtigen Zeit gegeben werden; manchmal darf man auch gar keinen geben. Eine kleine Entbehrung tut den Pflanzen genauso gut wie den Kindern: Man muss auf etwas verzichten, um dann den Wunsch zu spüren, es zu bekommen.

Heutzutage herrscht die etwas beschränkte Ansicht, um glücklich zu sein, müssten Kinder alles sofort haben: Sprachen lernen, mit dem Computer spielen. Darüber streite ich immer mit den jungen Paaren, sie behaupten, ich sei altmodisch und vielleicht auch leicht sadistisch. Dass man sich, um eine Reise zu machen, nach etwas sehnen muss, begreifen sie nicht. Wenn ich einer Pflanze das Licht wegnehme, wird sie alle ihre Kräfte dazu einsetzen, um es wieder zu erreichen, ihre höchsten Triebe werden sich krampfhaft nach oben strecken, um einen Spalt zu entdecken, und haben sie ihr Ziel erst erreicht, wird die Pflanze hinterher stärker sein, denn sie war auf ein Hindernis gestoßen und hat es glücklich überwunden.

Verwöhnte Pflanzen haben, genau wie Kinder, nur einen Weg vor sich, den Egotrip.

Ich weiß, dass ich mit dieser Auffassung allein dastehe, die Welt dreht sich mittlerweile anders, und ich kann sie bestimmt nicht aufhalten. Ich hätte jedoch gern, dass die Leute mehr an die Bäume dächten, dass sie lernten, mit ihnen umzugehen, ihnen dankbar zu sein, weil wir (auch daran scheint sich niemand zu erinnern) ohne sie gar nicht leben könnten: Es ist ihr Atem, der uns das Atmen ermöglicht.

Weißt du, was heutzutage Angst macht? Das sich immer stärker ausbreitende Allmachtsgefühl. Der Mensch ist überzeugt, er könne alles machen, weil er in einer künstlichen Welt lebt, die er eigenhändig aufgebaut hat und vollkommen zu beherrschen glaubt. Wer aber wie ich Bäume und Pflanzen züchtet, der weiß, dass es nicht so ist.

Um eine regelmäßige Wasserversorgung zu garantieren, kann ich selbstverständlich eine ausgetüftelte Bewässerungsanlage einsetzen – auf diese Weise haben wir praktisch das ganze Land bebaut –, doch wenn es tagelang, monatelang, jahrelang nicht regnet, wird die verdorrte Erde irgendwann aufplatzen, die Pflanzen werden sterben und mit ihnen auch die Tiere. Wasser können wir nämlich nicht herstellen, verstehst du, ebenso wenig wie Sauerstoff. Wir sind in jedem Fall von etwas abhängig, was nicht in unserer Hand liegt: Wenn das Meer anschwillt, reißt es uns mit, wenn die Heuschrecken einfallen, fressen sie die Ernte und die Knospen der Bäume genau wie zur Zeit der Pharaonen. Doch wir, im künstlichen Licht gefangen, wissen es nicht mehr.

Der einzige gesicherte Horizont ist der unserer Herrschaft über die Materie, mit immer raffinierteren Apparaten können wir immer mehr Krankheiten behandeln – und das ist natürlich ganz außerordentlich –, doch dann frieren wir lebendige Schweine ein, um herauszufinden, ob es uns möglich ist, über einen ausgedehnten Zeitraum viele Male einzuschlafen und zu erwachen, kurzum, so zu tun, als würden wir jedes Mal sterben und wiedergeboren. Wir zerstückeln die Körper der Verstorbenen und legen sie als Ersatzteile in den Kühlschrank.

Meine Kniescheibe zum Beispiel bewegt sich fast gar nicht mehr, wegen der Arthrose, das Knie ist immer geschwollen, und das Gehen bereitet mir Mühe. Weißt du, was ein Arzt im Krankenhaus zu mir gesagt hat? ›Wenn Sie wollen, könnten wir die Kniescheibe austauschen.‹ ›Und wo bekommt ihr die neue?‹, und er, seelenruhig: ›In der Bank.‹

Kurz und gut, irgendwo auf der Welt steht ein riesiger Kühlschrank, in dem alle Ersatzteile lagern: anstelle von Zucchini und Erbsen liegen Kniescheiben und Hände darin, Sehnen und Augen; sie warten darauf, ausgetauscht zu werden, wie Autotüren beim Mechaniker.

Ich habe den Gesichtsausdruck des Arztes bemerkt, als ich ihm geantwortet habe: Ich hinke lieber weiter, als einen Körper zu entweihen, hat er mich angesehen, als sei ich ein alter Fanatiker. Aber ich war noch nie fanatisch, in nichts. Zweifel und Ratlosigkeit begleiteten alle meine Schritte; ich wäre gern noch einmal umgekehrt, um ihm das zu sagen, dann begriff ich, dass es nicht der Mühe wert war. Geschlossene Räume machen die Menschen extrem engstirnig. Man muss sich im Freien aufhalten, um zugeben zu können, dass es etwas gibt, das du nicht verstehen kannst; sich dessen bewusst zu sein ist keine Niederlage, sondern eine großartige Möglichkeit.

›Von da kannst du zu wunderbaren Reisen aufbrechen‹, sagt mein Sohn immer, ›und wenn du es nicht machst, wirst du nur im Kreis gehen, egal, welchen Weg du einschlägst.‹

Wenn du dein neugeborenes Kind auf den Arm nimmst, wie kannst du es da für eine Ansammlung von Ersatzteilen halten? Du fühlst seine zarten, vertrauensvollen Glieder, siehst seinen Blick, diesen Blick, an dem du, wenn du es verstündest, alles ablesen könntest, und begreifst, dass dieses bisschen Materie das größte Wunder birgt. Das sagt dir nicht dein Verstand, sondern dein Körper, der es gezeugt hat. Wie heißt der Psalm? *Es war dir mein Gebein nicht verhohlen, da ich im Verborgenen gemacht ward, da ich gebildet ward unten in der Erde.*

Und ich sollte es dann zersägen, dieses Gebein, und in den Kühlschrank legen? Nein, danke, ich denke lieber daran, wie der Psalm weitergeht: *Dein Auge sah mich, da ich noch unbereitet war; und waren alle Tage auf dein Buch geschrieben, die noch werden sollten, und derselben keiner da war,* und nehme mein Schicksal mit gesenktem Kopf an.

Ich diskutiere häufig mit meinem Sohn über diese Dinge, wenn er mich mit seinen Töchtern besucht, wir bleiben wach bis zum Morgengrauen, während sie im Bett liegen. Oft sagt er lachend, ich sei inzwischen frommer als er, doch ich antworte ihm, dass er sich irrt, denn ich bin wie ein Händler, der einen Kredit bei jemandem aufgenommen und die Rechnung noch nicht beglichen hat – der Tod meiner Mutter, meines Vaters, die Vernichtung von Millionen Unschuldigen zu allen Zeiten –, und da ich diese offene Rechung habe, kann ich mich nicht mit Haut und Haar einem Glauben ergeben und auch nicht so tun, als ob nichts sei, ich kann nicht sagen, dass alles gut geht unter der Sonne, dass das, was den Himmel ausfüllt, nur eine Masse sich bewegender Materie ist, wie die ›Simpel‹ behaupten.«

Schon lange hatte er nicht mehr Triestinisch mit mir gesprochen, daher fragte ich ihn: »Hast du gesagt ›Simpel‹? Meinst du jetzt die Einfältigen oder die Gottlosen?«

Der Onkel begann zu lachen und fuhr im Dialekt fort: »Die Simpel meine ich, die Einfältigen.« Dann ernster: »Aber besteht denn ein großer Unterschied zwischen denen und den Gottlosen? Beide sehen nicht – oder geben vor, nicht zu sehen –, was sie vor der Nase haben.

Als ich Bäume zu pflanzen begann, war ich, wie jeder in der Stadt aufgewachsene Junge, davon überzeugt, dass sie kaum etwas anderes sind als Pfähle, die Blätter ansetzen können; erst mit der Zeit, indem ich ihnen zuhörte, sie wachsen oder krank werden, sterben oder Früchte tragen sah, begriff ich, dass sie eher wie Kinder sind, dass sie wie diese Pflege brauchen, Liebe, aber auch Strenge; ich verstand, dass unglaublicherweise jeder von ihnen seine Individualität besitzt – es gab stärkere und schwächere, freigiebigere und geizigere, sogar launischere.

Allen ließ ich die gleiche Pflege angedeihen, und alle reagierten verschieden. Daran habe ich erkannt, dass es sich nicht um Pfähle handelte, sondern um Lebewesen mit einem eigenen Schicksal. Und wenn in ihnen ein Geheimnis liegt, wie viel größer ist dann das Geheimnis, das die Menschen umgibt?

Wenn ich mein Alter erreicht hätte in der Überzeugung,

dass ich mein Leben lang einfach Früchte tragende Pfähle gepflanzt habe, was wäre ich dann jetzt? Ein Simpel? Ein Gottloser?

Die Antwort überlasse ich dir.

Jedenfalls wäre ich ein Mensch, der sein Leben lang nicht gelernt hätte zu hören, zu sehen, ein Mensch, der anstelle von Gedanken und Fragen nur ein Feuer aus schlecht brennenden feuchten Blättern im Kopf hätte, deren Qualm mich gehindert hätte zu erkennen, wie ähnlich das Schicksal der Bäume dem der Menschen ist.«

Daraufhin erzählte auch ich ihm von meiner Leidenschaft für die Bäume, von dem Nussbaum, den du so leichtfertig hattest fällen lassen, und von der Verheerung, die daraus gefolgt war: Es hatte sich angefühlt, als wäre auch in meinem Inneren ein Baum abgehackt worden. Aus dieser immer noch offenen Wunde stammten meine Unrast und Unruhe.

Wir sprachen auch über deine Krankheit und darüber, dass ich unsere Beziehung noch nicht verarbeitet hatte: in der Kindheit zu nah und behütet und später zu konfliktbeladen. Dass du mich geliebt hattest, aber nicht in der Lage gewesen warst, deine Tochter zu lieben, brachte mich dir gegenüber in eine spannungsgeladene, zwiespältige Lage.

Danach erzählte ich ihm auch von meinem Vater und von seiner Geschichte mit meiner Mutter, von ihren Jahren in Padua, und zuletzt spielten wir, vielleicht auch, damit es nicht zu dramatisch wurde, das Pflanzenspiel.

»Was für eine Pflanze wäre Ilaria gewesen?«, fragte ich den Onkel.

»Bestimmt eine Wasserpflanze«, erwiderte er, »ihre schwankenden Wurzeln haben ihr nicht erlaubt, zu einem Strauch in die Höhe zu wachsen und lange zu leben, doch wie es bei diesen Arten häufig vorkommt, hat sie eine wunderschöne Blüte hervorgebracht.«

»Und mein Vater?«

Nach dem, was ich ihm erzählt hatte, verglich Onkel Gionata ihn mit einer jener Pflanzen, die durch die Wüste rollen und weniger wie Sträucher als vielmehr wie Dornenkronen aussehen: Der Wind treibt sie vor sich her, und sie tanzen über den Sand, die Dünen hinauf, um dann wieder herunterzurollen, ohne jemals innezuhalten; da sie weder Wurzeln besitzen noch die Möglichkeit haben, welche zu bilden, können sie auch den Bienen keine Nahrung bieten, und ihr Schicksal ist ein ewiger einsamer Weg ins Nichts.

Ich dagegen hatte mir als Kind gewünscht, mit der Standfestigkeit einer Eiche oder dem Duft einer Linde aufzuwachsen, doch in letzter Zeit hatte ich meine Meinung geändert: Die Gefangenschaft der Linden in städtischen Alleen und Parks beunruhigte mich genauso, wie das einsame Schicksal der Eichen mich traurig machte, daher wäre ich jetzt lieber eine Weide, würde mit meiner Blätterpracht an einem Fluss wachsen, meine Wurzeln ins Wasser hängen, dem Plätschern der Strömung lauschen, in meinem Gezweig der Nachtigall und dem Teichrohrsänger Gastfreundschaft gewähren und dem Eisvogel zusehen, der wie ein kleiner Regenbogen zwischen den Fluten auftaucht und verschwindet.

»Und du«, fragte ich dann, »was für ein Baum wärst du gerne?«

Der Onkel schwieg eine Zeit lang nachdenklich, bevor er antwortete.

»Als junger Mann wollte ich ein Strauch sein, eine Wildrose, ein Weißdorn, ein Prunus, was weiß ich, und in einer Hecke aufgehen. Nach meiner Ankunft hier wäre ich gern eine dieser majestätischen Zedern gewesen, die an den Hängen des Hermongebirges wachsen. Aber in letzter Zeit sehe ich ständig einen Baum vor mir, der in unserer Gegend wächst, die Buche, nach der sehne ich mich am meisten … Von meinen Bergwanderungen erinnere ich mich noch genau an sie: der moosbewachsene graue Stamm und die flammenden Blätter in der Luft …

Ja, jetzt wäre ich am liebsten eine Buche.

Das heißt, ich spüre es, ich bin eine Buche, denn bei Sonnenuntergang flammt das Leben auf in Gefühlen, Erinnerungen, Empfindungen, so wie im Herbst in den Wäldern die Kronen dieser Bäume aufflammen.«

6

Kurz nach Schawuot versuchte jemand aus Italien, mich zu erreichen, der Anruf wurde in den Speisesaal umgeleitet, doch ich war schon bei der Arbeit. Als ich mich am Ende meiner Schicht endlich mit einem voll beladenen Tablett an einen Tisch setzte, schob mir ein junger Soldat einen Zettel hin, auf dem stand: *A call from your abba.*

Mein Vater versuchte mich zu erreichen, zum zweiten Mal in seinem Leben. Was trieb ihn dazu? Wer weiß, vielleicht hatte die Ansichtskarte aus Tiberias ihn so begeistert, dass er mich bitten wollte, ihm dort in der Gegend eine Wohnung zu suchen, oder er wollte mir nur mitteilen, dass er aus Grado Pineta zu einem anderen Vorposten aufbrach, um dort den Sommer zu verbringen. In der Tat war seit meiner Abreise beinahe ein Jahr vergangen.

So, wie ich ihn kannte, war es bestimmt nicht so dringend, dachte ich, steckte den Zettel ein und nahm mir vor, bei nächster Gelegenheit eine Telefonkarte zu kaufen, um ihn zurückzurufen.

Am selben Abend kam Arik zu Besuch, Onkel Gionatas Erstgeborener, auf dem Rückweg von Haifa, wo er beruflich an der Universität zu tun gehabt hatte: Er war um die dreißig und hatte ein offenes, strahlendes Gesicht.

Mir zu Ehren und zu Ehren des Landes, aus dem wir stammten (wenn es von unserem Herkunftsort auch nur wenige Kilometer bis zur slowenischen Grenze waren), blieben wir an jenem Abend zu Hause und kochten Spaghetti mit Tomatensauce. Arik schilderte dem Vater die neuesten Heldentaten der Zwillinge und fügte mit geheimnisvoller Miene hinzu, bald werde er ihm noch eine schöne Neuigkeit mitteilen können, wollte dafür aber lieber noch auf seine Frau warten. Dann erwähnte er kurz seine Schwester, die er in der Woche zuvor in Be'er Sheva getroffen hatte.

»Wenn ich sie nicht anrufe, höre ich nie etwas von ihr«, sagte der Onkel traurig.

»Sie ist zu sehr von ihrer Arbeit in Anspruch genommen«, erwiderte Arik prompt, »sie nimmt sich nie frei, sondern ist überzeugt, dass es ihre Aufgabe sei, die Welt zu retten. Wenn sie so weitermacht, wird sie noch krank werden.«

Der Onkel schüttelte den Kopf: »Seltsam, gewöhnlich schlagen die Töchter den Vätern nach. Sie dagegen ähnelt mehr der Mutter: patent, realistisch im Denken, in jeder Situation bereit, die Ärmel hochzukrempeln, ohne die leiseste Verunsicherung.«

»Keineswegs«, berichtigte Arik, »sie tut nur so, um sich nicht mit ihren Ängsten auseinandersetzen zu müssen. Sie hat beschlossen, dass die Welt nach ihrer Pfeife tanzen soll, da kennt sie nichts und niemand.«

»Ist sie sehr selbstbewusst?«, fragte ich, da ich solche Personen schon immer beneidet habe.

»Selbstbewusst?«, echote Arik, »vielleicht. Ich würde eher sagen, autoritär: Wenn sie etwas entschieden hat, kann man nicht mehr darüber diskutieren, es muss um jeden Preis gut gehen. Daher handelt es sich eher um eine Form von Zerbrechlichkeit.«

Von meinen Fragen angeregt, schilderte mir Arik dann ausführlich sein Leben in Arad.

Anfangs sei es ihm nicht leichtgefallen, sich dort einzugewöhnen – das Klima, die Landschaft waren so ganz anders als hier –, doch inzwischen könne er nirgends sonst mehr leben. Er brauche die Steine, die trockene Luft, die Blumen, die beim ersten Regen in den Wadis ihre Farbenpracht entfalten. Jedes Mal fahre er mit seinen Töchtern hin, um ihnen diese Herrlichkeit zu zeigen, auch wenn sie noch zu klein seien, um zu verstehen: Er wolle sie von Anfang an daran gewöhnen, sich an Wundern zu erfreuen.

»In den Tropen bekommt man wahrscheinlich selbst die Blumen satt und sieht sie zuletzt gar nicht mehr, aber eine Wüste, die nur einmal blüht, ist ein unerwartetes Geschenk, sie lässt uns begreifen, wie viel Licht in der Materie eingeschlossen ist.«

Dann erzählte er mir die Geschichte der Belagerung von Masada und dass er eine Woche zuvor gesehen hatte, wie zwei Japaner mit dem Fahrrad bis zur Festung hinaufstrampelten. Er sprach auch von der Oase von En Gedi, wo es sogar Leoparden gab (wenn man im Morgengrauen die Wadis hinaufging, konnte man sie manchmal sehen), und von der Höhle, in der David sich vor Saulus versteckt hatte … Falls ich eines Tages beschließen sollte, sie zu besuchen, würde er mir alle diese Orte zeigen.

Gegen elf Uhr ging der Onkel schlafen, Arik und ich dagegen machten einen Spaziergang.

Wir drehten ein paar Runden um die Ställe, dann wanderten wir durch die Zitrusplantagen: Die Orangen- und Zitronenbäume blühten und verströmten in der milden Nachtluft einen unglaublich intensiven Duft. Nach kurzer Zeit setzten wir uns auf einen Stein, denselben, den ich mir zum Nachdenken erwählt hatte, und unterhielten uns die ganze Nacht: über unsere Familien, seinen Großvater und dessen tragisches Ende, darüber, wie es auch ihn, Arik, von klein auf beunruhigt hatte, dass Ottavio die Schönheit geliebt hatte, ohne den zu lieben, der sie in unseren Herzen begründet hatte.

»Schönheit und Harmonie existieren in dem Maße, in dem wir sie wahrnehmen und uns daran freuen können. Nur so verwandeln sie sich in Nahrung für die Seele. Sonst blenden sie uns nur und drängen uns – wie wenn wir einem Auto begegnen, das uns anblinkt und zum Ausweichen zwingt – unvermeidlich dazu, von unseren Absichten abzuweichen, Weiß und Schwarz zu vermischen und alles in einen grauen Brei zu verwandeln.«

»Das Herz«, fuhr Arik fort, »ist der Ort, an dem diese Schlacht stattfindet, dort prallen gute und böse Absichten unerbittlich aufeinander. Dessen muss man sich bewusst sein, sonst gibt man sich zuletzt kampflos geschlagen, erliegt der Stumpfheit des Ungefähren, die der große Feind dieser Zeit ist. Die Stumpfheit macht das Leben freudlos, sie nimmt den Dingen um uns das Licht und liefert unser Sein der Dunkelheit aus.«

Ganz in der Nähe hörte man das Heulen der Schakale, die einander riefen, zeitweise begleitet vom Bellen eines Hundes, und obwohl es noch dunkel war, begannen auch die Hähne schon zu krähen, um die Ankunft des neuen Tages zu begrüßen.

Arik deutete auf ein Bäumchen, das sich an einen Stützpfahl klammerte.

»Siehst du, auch wir streben, wie die Bäume, nach oben, in die Höhe. Das ist ein natürlicher Wunsch, womöglich unter einem Berg von Schlacken begraben, aber doch vorhanden. Eine Art Sehnsucht, die im tiefsten Innern jedes Menschen wohnt. Doch das Leben ist komplex und voller Widersprüche, und wenn wir uns einzig auf unser Verstandesurteil verlassen, laufen wir Gefahr, die falsche Richtung einzuschlagen, weil wir von einer künstlichen Sonne geblendet werden. Deshalb gibt es die Thora, sie ist wie der Hüter dieses jungen Baums, sie hilft uns dabei, gerade in die Höhe zu wachsen, dem Himmel entgegen, ohne im Sturm zu zerbrechen.«

Im Laub über uns begannen die erwachenden Spatzen, zu schwirren und immer lauter zu zwitschern.

Im Osten wich die Dunkelheit dem Licht, das helle Blau verwandelte sich schon in Goldorange, als Arik aufstand und halblaut zu beten begann. Ich erhob mich ebenfalls, wollte es ihm gleichtun, wusste aber nicht, was ich sagen sollte, niemand hatte mich je ein Gebet gelehrt, verzweifelt suchte ich nach Worten, die meinen Gemütszustand ausdrückten.

Die Wiedehopfe kreuzten schon mit schwankendem Flug die Baumreihen, als mir ein Danke auf die Lippen kam. Danke für das Leben, für all die Pracht, danke für die Fähigkeit, sie zu begreifen.

In der folgenden Woche erhielt ich noch einen Anruf aus Italien, doch diesmal war es nicht mein Vater.

Es waren die Carabinieri von Mestre, die mir mitteilten,

in einer Unterführung bei Marghera hätten sie einen Mann tot aufgefunden. Sein Name lautete Ancona Massimo, und in seiner Jackentasche steckte ein an seine Tochter adressierter Brief mit meiner Telefonnummer. Kannte ich ihn? War ich wirklich seine Tochter, obwohl aus den Papieren nichts dergleichen hervorging? Wenn es wirklich stimmte, müsse ich mich baldmöglichst zur Leichenhalle des Krankenhauses von Mestre begeben, um ihn zu identifizieren.

Noch am selben Nachmittag fuhr ich nach Haifa, um mich nach einem Flug zu erkundigen: Der erste freie Platz war drei Tage später in einem Flugzeug von Tel Aviv nach Mailand.

Ich buchte ihn und kehrte in den Kibbuz zurück.

In jener Nacht machte ich kein Auge zu. Ich verfluchte mich dafür, dass ich ihn nicht zurückgerufen hatte, die Carabinieri hatten mir nicht sagen können, wie er gestorben war, deshalb kam mir der Verdacht, er hätte sich umgebracht. Vielleicht war er verzweifelt gewesen, wollte mir etwas sagen, und ich hatte mich nicht gemeldet: Auch wenn er nie die geringste Verantwortung für meinen Anfang empfunden hatte, fühlte ich mich doch für sein Ende verantwortlich.

Erst mit der Klarheit des Morgens wurde ich mir der Absurdität meiner Gedanken bewusst: Niemals hätte sich mein Vater umgebracht, weil ich ihn nicht zurückgerufen hatte, denn er war vor dergleichen schon immer durch seine Lieblosigkeit und seinen Egoismus gefeit gewesen.

Am nächsten Tag war ich zu unruhig, um meinen gewohnten Tätigkeiten nachzugehen, deshalb fuhr ich mit dem Bus zum Ort der Bergpredigt.

Um die Mittagszeit kam ich an, der große Garten rund um die Basilika war fast menschenleer. Unter mir glitzerte das Meer Galiläas wie ein leuchtender Spiegel, während der Wind ab und zu von der Straße die Geräusche der Autos herauftrug.

Auf diesen paar Dutzend Kilometern hatte sich das kurze Leben Jesu abgespielt. Die Menge war ihm überallhin gefolgt, hatte ihn bei jedem Schritt um Heilung gebeten. Mühelos konnte ich mir die Erschöpfung und die Einsamkeit vorstellen, die er angesichts dieses ständigen Ansturms von Bittstellern empfunden haben musste: nach dreißig Jahren Stille drei Jahre ununterbrochen mitten im Durcheinander.

Was bedeutete denn Geheiltsein? Wieder sehen, gehen, hören, aber wozu: um Hunger zu haben, gut zu schlafen, schnell laufen zu können? Oder vielleicht, um eine andere Bewusstseinsebene des Lebens zu betreten? Und welche Beziehung bestand zwischen den honigsüßen Sätzen, die ich im Fernsehen gehört hatte, und der Kraft, der Strenge, dem Ernst der Worte aus dem Mund des Rabbi von Nazareth? Würden diese Worte eines Tages auch mich heilen können?

Den weißen Steinen folgend, in die die Seligpreisungen eingeritzt waren, wanderte ich die Parkwege entlang; alles blühte üppig, und die Pirole schmetterten ihre Lieder in die Luft wie Fragen. Als ich las *Selig sind die Barmherzigen, denn sie werden Barmherzigkeit erlangen*, dachte ich an meinen Vater: Wo war er jetzt? War er hier und sah mich, oder war er an einem dunklen Ort versunken, aus dem er nicht mehr auftauchen würde? Konnte es für die Sterilität seines Lebens Barmherzigkeit geben? Und was war überhaupt wirklich Barmherzigkeit? Wer es nicht vielleicht ein Partizipieren am Mitleid dessen, der uns geschaffen hatte?

Ariks Worte kamen mir wieder in den Sinn: »Gesetzesstrenge und Barmherzigkeit gehen immer zusammen, doch bei den wichtigsten Entscheidungen gewinnt immer Zweitere die Oberhand, weil es für eine Mutter unmöglich ist, grausam gegen ein Kind vorzugehen.«

Die Vorstellung von einer Mütterlichkeit Gottes hatte mich tief beeindruckt.

»Aber was will er letztendlich von uns?«

»Er will Wachstum, Verwandlung, Buße: Er will in unserem Herzen leben, wie wir von Anfang an in seinem leben. Nicht die Macht will er mit uns teilen, sondern die Zerbrechlichkeit.«

7

Zwei Tage später fuhr mich der Onkel mit seinem klapprigen Subaru zum Flughafen Ben Gurion.

Wir verabschiedeten uns mit einer langen Umarmung und mit dem Versprechen, dass er mich baldmöglichst in Triest besuchen würde: Natürlich galt die Einladung auch für Arik und seine Familie.

Der Flug war ruhig. In Mailand nahm ich den Zug Richtung Venedig und stieg in Mestre aus.

Als ich bei den Carabinieri ankam, fuhr mich ein junger Obergefreiter sogleich zur Leichenhalle. Unterwegs erzählte er mir, dass bei der schon erfolgten Autopsie eine ganz natürliche Todesursache festgestellt worden war: Das Herz war plötzlich stehen geblieben.

Die Gummisandalen der Angestellten, die vor uns herging, machten auf dem Linoleum ein seltsames, schmatzendes Geräusch.

Beim Betreten des Kühlraums kam mir ein eisiger Hauch entgegen. Auf Stahltischen lagen drei Leichen. Er lag in der Mitte. Unter dem grünen Tuch ragten seine Füße heraus (ich sah sie zum ersten Mal ohne Schuhe), und seitlich hing ein Arm herunter.

Der Obergefreite hob das Tuch auf: »Erkennen Sie ihn?«

Statt des üblichen spöttischen Lächelns schien ein Ausdruck des Staunens seine halb geöffneten Lippen zu umspielen.

»Ja«, antwortete ich, »es ist mein Vater, Massimo Ancona.«

»Tut mir leid«, sagte der Carabiniere.

»Mir auch«, erwiderte ich und fühlte auf einmal, dass mir die Tränen über die Wangen liefen.

Die wegen der Kälte ungeduldige Angestellte kaute Kaugummi (das Geräusch ihrer Kiefer war das einzige in dieser unwirklichen Stille), während der Carabiniere einige Formulare ausfüllte.

Impulsiv ergriff ich die weiße Hand, die unter dem Tuch hervorhing, und drückte sie, die Haut war kalt wie die von Schlangen, Dichte und Gewicht nicht viel anders als bei Lebenden, die Fingernägel hastig geschnitten.

»Hier ist dein letzter Vorposten«, flüsterte ich ihm zu und beugte mich herunter, um ihn zu küssen. »Danke. Danke für das Leben, das du mir trotz allem gegeben hast.«

Nach Hause zurückgekehrt, öffnete ich die Plastiktüte, die mir die Carabinieri ausgehändigt hatten. Sie enthielt seine Hausschlüssel, die Autoschlüssel, eine Monatskarte für die Regionalbusse (seit einem Monat abgelaufen), ein Telefonbüchlein, eine Brieftasche mit abgewetzten Rändern und einen weißen Umschlag, auf dem mein Name stand.

Die Brieftasche enthielt wenige Münzen, einen Fünfzigtausend- und zwei Fünftausend-Lire-Scheine, den Krankenkassenausweis, eine Sammelkarte für die Rabattmarken eines Supermarkts in Monfalcone (es fehlten nur noch vier Marken bis zu dem begehrten Preis, einem Frotteebademantel), und aus einem Seitenfach lugte ein von der Zeit abgenutztes kleines Foto: Eine elegante, nicht sehr große Frau sah den Fotografen mit einem halb hochmütigen, halb gelangweilten Ausdruck an und hielt zerstreut ein Kind an der Hand. Das Bild musste zum Meer hin am Markusplatz oder gegenüber von der Giudecca aufgenommen worden sein, das Kind deutete lächelnd auf etwas, das es mit Staunen erfüllte: ein Schiff, einen Seetaucher, einen nie gesehenen Vogel? Und während sich in den Augen der Mutter nur Selbstbezogenheit spiegelte, sprühten die des Kindes nur so vor unbändiger, freudiger Neugier. Auf der Rückseite stand, in verblichener Tinte: *Venedig, 1936, Mama und ich am Ufer.* Massimo Ancona und seine Mutter, der Professor für Sprachphilosophie und die unermüdliche Canasta-Spielerin, mein Vater und meine Großmutter, eingeschlossen in eine Brieftasche wie die meisten der gewöhnlichen Sterblichen.

Der Name eines Restaurants in Monselice zierte den grünen Plastikeinband des Telefonbüchleins. Es war praktisch leer: Unter dem Buchstaben A die Nummern des Arztes und Zahnarztes, unter R drei oder vier Restaurants, dann hier und dort die Adressen einiger Verlage, zwei oder drei Frauennamen und dann, auf der ersten Seite, meine Nummer in Triest und darunter, mit Bleistift und zitternderer Hand geschrieben, die Nummer in Israel.

Dieselbe unsichere Hand hatte meinen Namen vorn auf den Umschlag geschrieben. Ich öffnete ihn: Er enthielt zwei vergilbte Blätter (mit dem Briefkopf eines Hotels in Krakau), auf beiden Seiten eng beschrieben.

Grado Pineta, 13. Mai

Ich weiß nicht, ob dieser Brief je in deine Hände gelangt, aber wenn du ihn lesen wirst, bedeutet es, dass ich nicht mehr von dieser Welt bin. Du weißt, wie sehr ich Gefühlsduselei hasse, dennoch kann ich nicht umhin, dir diese Zeilen zu schreiben. Im Grunde warst du das Unerhoffte.

Das Gefürchtete und das Unerhoffte.

Du bist am Ende meiner Tage gekommen und hast dir – wie jene Pflanzen, die ihre feinen (und rücksichtslos zupackenden) Wurzeln ausstrecken, um den Raum rundum zu kolonisieren – einen Spalt in meinem Leben geöffnet, bist mit deinem Blick, deiner Stimme, deinen Fragen zu mir durchgedrungen, und diesen Blick, diese Stimme, diese Fragen bin ich nicht mehr losgeworden.

Wegen der Blutsverwandtschaft oder aus Altersschwäche? Ich weiß es nicht, mir fehlt sowohl die Kraft als auch die Zeit, das zu beantworten. Letztlich ist es nicht so wichtig, an diesem Punkt muss ich mich nicht mehr verteidigen und nichts mehr erklären.

Heute habe ich versucht, mich umzubringen.

Daran ist nichts Außerordentliches oder Melodramatisches, die Entscheidung, meinen Tagen irgendwann selbst ein Ende zu setzen, habe ich getroffen, seit ich von meinem Verstand Gebrauch machen kann; da wir nicht wählen, geboren zu werden, ist festzulegen, wann wir sterben, die einzige Freiheit, die uns gegeben ist. Mein Körper verfällt sichtlich, und mein Geist folgt ihm leider.

Heute Morgen ist der Rollladen in meinem Zimmer kaputtgegangen. Ich bin bis nachmittags um fünf im Dunklen gesessen und habe vergeblich hinter dem Techniker her-

telefoniert. Jedes Mal bekam ich zu hören: »Versuchen Sie es später, wir rufen Sie zurück«, doch es geschah nichts, sodass ich zuletzt beschloss, einen Spaziergang zu machen. Begleitet vom unermüdlichen Flug der Vögel, die Futter zu ihren Nestern brachten, ging ich in der lauen Mailuft dahin; überall wuchsen gelbe Blümchen aus dem Zement. Der Mai, habe ich gedacht, ist der außergewöhnlichste Moment, um zu gehen, da braucht man den meisten Mut dazu, denn das Leben entfaltet sich in all seinem Glanz. Was kostet es schon, sich im November zu töten, wenn der Himmel von düsteren Regenwolken verhangen ist? Man könnte meinen, die Depression hätte mich dazu getrieben, aber nein, ich bin vollkommen klar und mir meiner Entscheidung bewusst.

Wieder zu Hause, habe ich versucht, dich anzurufen, ich wollte noch einmal deine Stimme hören, hatte aber kein Glück: Am anderen Ende der Leitung sprachen nacheinander mehrere Personen, teils Englisch, teils Hebräisch, teils Spanisch, jedenfalls ist es ihnen nicht gelungen, dich zu finden.

Daraufhin bin ich auf einen Stuhl gestiegen, um die Pistole an mich zu nehmen: Seit Jahren lag sie, in ein dunkles Tuch gehüllt, oben auf dem Bücherregal. Ich habe sie geladen und auf das Ende der Nacht gewartet, indem ich meine Lieblingsgedichte las: Ich wollte nicht zu Hause sterben wie eine Maus, sondern ins Offene hinaus, ans Meer, noch einmal die Morgendämmerung erleben, zusehen, wie die Sonne aufgeht und die Welt mit Licht überflutet.

Um vier habe ich mich zum Strand aufgemacht, im Dunkeln hörte ich die Muscheln unter meinen Schuhsohlen knirschen; ich habe mich auf dasselbe Tretboot gesetzt, das du einmal für eine unserer Pausen gewählt hattest, und fühlte die Kälte des Metalls an meinem Schenkel.

Kurz nach fünf begann der Himmel im Osten über Triest und Istrien heller zu werden, die Luft war erfüllt vom Kreischen der Seevögel, und die noch niedrige Flut ließ das Wasser leise plätschern. Ich habe mich umgesehen, die Pistole aus der Tasche gezogen und gewartet: Als die orangefarbene Scheibe am Horizont erschienen ist, habe ich mir die Pistole an die Schläfe gehalten und abgedrückt: klick *hat es gemacht, und nichts ist passiert. Ich habe die Trommel weitergedreht, wieder* klick.

Inzwischen war ein Rentner mit seinen beiden Pudeln an den Strand gekommen, er warf einen bunten Ball in die Luft, und sie sprangen glücklich bellend hinterher.

Ich bin nicht einmal fähig, mich zu töten, habe ich gedacht und die Pistole wieder eingesteckt.

Im Laufe des Vormittags kam der Rollladen-Techniker und mit ihm wieder Licht ins Zimmer. Am Nachmittag bin ich nach Monfalcone gefahren, um etwas einzukaufen. Das Leben geht weiter, ich weiß nicht, wie lange, aber es geht weiter, habe ich gedacht und die Pistole in eine Schublade geworfen. Ich werde warten, bis der Zufall sein Werk vollendet.

Am Abend bin ich auf den kleinen Küchenbalkon hinausgetreten, die nun schon beinahe sommerliche Temperatur bringt die Algen in der Lagune zum Gären, die Luft roch salzig und nach Brackwasser; in einem erleuchteten Appartement des Hauses gegenüber putzte eine mit Schürze und Eimer bewehrte Frau die Zimmer für die bevorstehende sommerliche Völkerwanderung.

Als ich gerade wieder hineingehen wollte, entdeckte ich plötzlich die Glühwürmchen in den ungepflegten Sträuchern zwischen den beiden Wohnblöcken; seit Jahren hatte ich sie nicht mehr gesehen – blinkend tanzten sie zwischen Boden und Sträuchern und stickten ein leuchtendes Muster in die Luft. Noch am Tag zuvor hätte ich die Schlauheit der Fortpflanzungsstrategien belächelt: Was war dieses Licht anderes als ein außergewöhnlicher Trick, um die Paarung zu erreichen?

Doch an diesem Abend schien mir auf einmal alles anders, ich ärgerte mich nicht mehr über die Hausfrau, die die Fußböden schrubbte, sah nicht mehr bloß Mechanik in den kleinen Irrlichtern der Glühwürmchen.

In diesem Licht liegt nicht Schlauheit, sondern Klugheit, sagte ich mir und begann zu weinen. Knapp sechzig Jahre waren vergangen, seit ich zum letzten Mal geweint hatte, auf dem Schiff, das uns nach Brasilien brachte.

Still und langsam liefen mir die Tränen herunter, ohne Schluchzer, ich weinte um die kleinen Lichtblitze in der übermächtigen Nacht, um ihr unsicheres Aufleuchten, denn plötzlich war mir klar, dass jeder Dunkelheit in komprimierter Form ein Funken Licht innewohnt.

Lachst du mich aus? Findest du mich pathetisch? Vielleicht schon, wahrscheinlich stört sich die ungestüme Heftigkeit deiner Jugend an diesen Sätzen, aber das ist mir inzwischen ganz egal. Im Gegenteil, ich will mich noch lächerlicher machen und dir sagen, dass ich in all diesen Monaten die Hoffnung gehegt habe, dich wiederzusehen.

Du weißt, dass ich stets den Weg der Aufrichtigkeit gewählt habe (auch um den Preis, mir wehzutun), deshalb habe ich in diesen Tagen, in dieser Zeit, die der Zufall mir gewährt hat, indem er mich meinem Stolz entzog, nun die Möglichkeit, ohne Angst nachzudenken, denn im Grunde bin ich schon tot – ich fühle schon das Laken über meinem Körper und die feuchte Erde, die mich bedeckt. Gerade weil ich jenseits bin (und die Lächerlichkeit nicht mehr fürchte), kann ich dir sagen, dass immer die Angst meine Tage bestimmt hat, das, was ich »Kühnheit« nannte, war in Wirklichkeit nur Panik. Angst, dass die Dinge nicht so gehen würden, wie ich es entschieden hatte, Angst, eine Grenze zu überschreiten, nicht die des Verstandes, sondern die des Herzens, Angst, zu lieben und nicht wiedergeliebt zu werden.

Letztlich graut dem Menschen wahrhaftig nur davor, und darum liefert er sich der Kleinlichkeit aus.

Die Liebe ist wie eine Brücke, die im Leeren schwebt …

Aus Angst komplizieren wir die einfachsten Dinge, um den Ausgeburten unseres Geistes nachzujagen, verwandeln wir eine gerade Straße in ein Labyrinth, aus dem wir nicht mehr herausfinden.

Es ist so schwierig, die Strenge der Einfachheit zu akzeptieren, demütig Vertrauen zu haben.

Was habe ich denn mein Leben lang anderes getan als dies? Vor mir selbst, vor meiner Verantwortung davonzulaufen, zu verletzen, um nicht verletzt zu werden.

Wenn du diese Zeilen liest (und ich in einem Kühlraum oder unter der Erde sein werde), so wisse, dass mich in den letzten Tagen ein Gefühl der Trauer erfüllte – eine Trauer ohne Wut, ohne Melancholie, vielleicht war sie deshalb um so schmerzlicher.

Stolz, Demut: Am Ende liegt nur das in der Waagschale. Ihr spezifisches Gewicht ist mir unbekannt, ich kann nicht sagen, ob ein Tag Demut genügt, um ein Leben voll Stolz aufzuwiegen.

Es wäre schön gewesen, dich in die Arme schließen zu können, du kleine Zeitbombe, die überraschend (und zu spät) kam, um mein Leben zu verwüsten; obwohl dich das für nichts entschädigt, hätte ich dich gern in einer letzten, großen Umarmung an mich gedrückt und alle Zärtlichkeit hineingelegt, die ich dir nie gegeben habe: bei deiner Geburt und als du klein warst, als du größer wurdest, und auch die, die du brauchen wirst, wenn ich nicht mehr da bin.

Verzeih die Beschränktheit des spöttischen Mannes, der dich in die Welt gesetzt hat.

Papa

Eine Woche später fand auf dem jüdischen Friedhof von Triest die Beerdigung statt. Außer den Männern des Minjan und dem Rabbi war nur ich dabei. Kaum hatten wir das Kaddisch zu Ende gesprochen, heulte in den nahen Werften die Mittagssirene.

Es war ein heißer Sommertag, und der Friedhof war fast menschenleer. Anstatt nach Hause zu gehen, stieg ich zum katholischen Friedhof hinunter. Bevor ich ihn betrat, kaufte ich an den Ständen am Eingang einen schönen Strauß Sonnenblumen.

Im Winter hatte die Bora haufenweise Blätter und Reklamezettel in unsere kleine, schon so lange verlassene Familienkapelle geweht. Die Luft innen war stickig, es roch muffig und feucht: Seit Jahren hatte hier niemand mehr saubergemacht. Ich öffnete weit die Tür und ging einen Besen und einen Putzlappen kaufen. Zum Schluss stellte ich die Blumen in die Vase und setzte mich, um euch Gesellschaft zu leisten.

Wer weiß, wo ihr wart und wie es euch ging. Wer weiß, ob ihr euch wenigstens auf der anderen Seite getroffen habt, du und meine Mutter, ob es euch schließlich gelungen ist, die Schatten zu vertreiben, die euch an einer ungetrübten Beziehung zueinander gehindert hatten. Wer weiß, ob ihr mich von dort oben sehen konntet, wie ich an einem Sommernachmittag auf eurem Grab saß. Wer weiß, ob es stimmt, dass die Toten die Macht haben, bei den Lebenden zu sein, sie zu beschützen, ohne sie je aus den Augen zu verlieren? Oder ist das nur ein Wunsch, unsere überaus menschliche Hoffnung? Erwarten uns wirklich auf der anderen Seite das Gericht und der Erzengel Michael, der mit leichten Fingern die empfindliche Waage austariert? Und wie werden die Maßeinheiten bestimmt? Ist das spezifische Gewicht aller Taten gleich? Gibt es nur zwei Kategorien – Gut und Böse –, oder sind die Notierungen etwas komplexer? Wie viel wiegen die Leiden eines Unschuldigen? Und gilt der gewaltsame Tod eines Gerechten genauso viel wie der eines Gottlosen, der hochbetagt stirbt? Warum kommt denn häufig der böse Mensch in den Genuss eines langen Lebens ohne Erschütterungen – als würde ihn jemand beschützen –, während der Sanftmütige Beleidigungen und Widrigkeiten erdulden muss? Ist die den skrupellosen Menschen gewährte Langlebigkeit vielleicht ein Zeichen der göttlichen Barmherzigkeit, leben sie so lange, damit sie mehr Zeit haben, zu bereuen und ihr Herz zu bekehren?

Und der Schmerz, welches Gewicht hat der?

Der Schmerz meiner Mutter, meines Vaters, deiner, der von Onkel Ottavio, meiner (wenn ich sterben werde), wo kommt der hin? Wird er zu trägem Staub oder zu Nahrung? Wäre es nicht besser, unbeschwert leben zu können, ohne sich Fragen zu stellen? Doch wohin kommt der Mensch, der sich nichts fragt, der keine Zweifel hat?

Arik hatte mit mir über die Neigung zum Guten und

zum Bösen gesprochen, die in jedem von uns vorhanden ist, über den Kampf, den die beiden Seiten unablässig in unserem Herzen ausfechten. Träge dahinzuleben, ohne sich Fragen zu stellen, bedeutet das nicht doch, sich der banalen Mechanik der Existenz auszuliefern, dem unerbittlichen Gesetz der Schwerkraft, die uns (in jedem Fall und immer) nach unten zieht? Werden die Zweifel, die Prüfungen nicht doch aus der Sehnsucht geboren? So wie die Wachstumszellen die Pflanzen sowieso und immer nach oben streben lassen, dem Licht entgegen, so müssen die Fragen uns Menschen dem Himmel entgegentreiben: Sind der Schmerz, die Verwirrung, die Zerstörung durch das Böse nicht doch eine Folge unseres Abschweifens?

In der kleinen Bibliothek des Kibbuz hatte ich Miriam kennengelernt, eine Französin, die Auschwitz überlebt hatte. Am einen Arm trug sie schrille Armreifen, am anderen das violette Brandmal ihrer Nummer. Ich konnte den Blick nicht von diesen Zahlen abwenden.

»Graust dir davor?«, hatte sie mich gefragt.

»Ja«, antwortete ich ehrlich.

Aus dieser gegenseitigen Aufrichtigkeit war unsere Freundschaft entstanden. Bei Ausbruch des Krieges, erzählte sie mir, war sie zweiundzwanzig, ihr fehlte nur ein Jahr bis zum Abschluss in Biologie.

»Mein Vater war für seine Zeit ein sehr fortschrittlich denkender Mann, er war schon älter, als ich auf die Welt kam, und hat mich, da er Arzt war, in meiner Neugier immer ermutigt; zu seiner großen Freude fühlte ich mich von klein auf von allem Lebendigen angezogen: Ich liebte es, zu beobachten, mir Fragen zu stellen, zu experimentieren; während meine Schulkameradinnen sich mit faden

Märchen abgaben, ging ich auf einsame Entdeckungsreise zwischen Mitochondrien und Enzymen; deren Prozesse waren der einzige Zauber, den ich atemberaubend fand. Mein Idol war Madame Curie, ich konnte ihre Biographie auswendig. Ich wollte werden wie sie, meinen Intellekt in den Dienst der Menschheit stellen. Über die Dinge nachzudenken war schon immer meine Leidenschaft; als Studentin – vom Klima jener Jahre mitgerissen – wollte ich unbedingt die Sinnlosigkeit der Welt, ihren Wahnsinn beweisen.

Dann aber hat mich die Geschichte brutal nach einer anderen Seite gedrängt. Ich habe meinen Vater und meine Mutter in den Tod gehen sehen, habe ihren letzten Blick aufgefangen, bevor sie im Vorraum der Verbrennungsöfen verschwanden. Monate später hätte ich auch sterben sollen, als Vergeltungsmaßnahme für einen Fluchtversuch, doch jemand ist an meiner Stelle einen Schritt vorgetreten; es war ein Mann: Meinem Schrecken eines jungen Mädchens hat er seine Gelassenheit entgegengesetzt.

Ich bin hier, weil er in Rauch aufgegangen ist, was könnte ich anderes sein als eine Zeugin, jemand, der nicht aufhört, diesen Schritt zu hinterfragen? Alle Fragen meines Lebens sind in diesen bescheidenen dreißig Zentimetern enthalten: ein Schritt, der getan, ein anderer, der unterlassen wurde.«

Im kühlsten Winkel der Bibliothek sitzend, redeten wir stundenlang über den Tod, über das Herz Europas, das sich in nur sechs Jahren in Asche verwandelt hatte.

»Alle sagen: Wo war Gott? Warum hat er dem Blutbad nicht mit einem Fingerschnalzen ein Ende gemacht, warum hat er nicht Glut, Feuer und Schwefel auf die Gottlosen herabregnen lassen?«, wiederholte Miriam oft, »ich aber sage: Wo war der Mensch? Wo war das Wesen, das »kaum geringer als die Engel« geschaffen wurde. Denn es waren die Menschen, die die Gaskammern gebaut haben, Fachingenieure haben den genauen Rotationswinkel der Karren der Verbrennungsöfen bestimmt, um die Zeit zu optimieren – nichts durfte den Rhythmus der Entsorgung aufhalten; sie stellten ihre Berechnungen an, während ihre Frauen im Wohnzimmer strickten und die Kinder in Flanellschlafanzügen, den Teddybär im Arm, in ihren Betten schliefen. Es waren die Menschen, die die Leute Wohnung für Wohnung aus den Häusern holten und in den geheimsten Verstecken aufspürten; es waren die Menschen, die ihre Hände in Blut getaucht, Säuglinge mit Fußtritten getötet, Alte massakriert haben; Menschen, die hätten wählen können und es nicht getan haben; Menschen, die – anstatt des Blicks des anderen gewahr zu werden – nur ein Objekt in ihm gesehen haben.«

»Weißt du, was die größte Falle ist?«, fragte sie mich an einem anderen Tag, während sie mit der gleichen Zärtlichkeit, mit der man Kinder behandelt, die wenigen hundert Bücher abstaubte: »Dass alle überzeugt sind, der Holocaust sei ein zeitlich begrenztes Phänomen, ständig finden Gedenkfeiern statt, bei denen zu Recht und in aller Bestimmtheit im Chor wiederholt wird: ›Nie wieder! Nie wieder darf ein solches Grauen über die Erde kommen!‹ Doch was geschieht denn, wenn eine Pestbeule aufplatzt? Wird der Kranke gesund? Ist die Seuche zu Ende? Oder greift sie nicht vielmehr immer heftiger um sich, weil die Bakterien freigesetzt werden, die endlich die Ansteckung in Windeseile überallhin tragen?

Man müsste eher den Mut haben zu sagen: ›Immer noch und immer wieder!‹ Denn immer noch und immer wieder verseucht der Gifthauch jener Jahre unter dem Deckmantel der Normalität unsere Zeit und hält einen Holocaust kosmischer Dimensionen für uns bereit. Und der Ort, an dem technische Perfektion ausgeübt werden kann, ist die Gesellschaft.

In Auschwitz blieb nichts dem Zufall überlassen, nichts wurde vergeudet, keine Zeit verschwendet, es gab nur den reinen Mechanismus; die Zentralorganisation kümmerte sich um alles: Aus dieser minutiösen Planung wäre endlich der vollkommene Mensch hervorgegangen, der einzige, der fähig war, die Welt zu beherrschen, und der einzige, der würdig war, darin zu leben.

Und wovon will man uns jetzt überzeugen, wenn nicht davon, dass unsere Gesellschaft so vollkommen werden kann wie die der Ameisen? Sind wirklich die Bienen und die Ameisen die Vorbilder, an die wir uns halten sollen? Haben wir etwa sechs Beine, Fühler, prismatische Augen?

Die Brände nach dem Ende des Kommunismus sind noch nicht erloschen, seine Wunden noch nicht verheilt, und schon verheißt man uns ein neues Paradies auf Erden: eine Welt ohne Krankheit und Tod, ohne Entstellungen oder Unvollkommenheiten.

Das Paradies der Zauberlehrlinge. ›Wir haben alles in der Hand‹, tönt es uns aus allen Fernsehern und Zeitungen der Welt entgegen, während doch jeder, der auch nur einen Moment lang innehält, um nachzudenken, weiß, dass wir nichts in der Hand haben: weder die Möglichkeit, auf die Welt zu kommen, noch den Augenblick des Todes (außer man führt ihn selbst herbei), weder das

Wasser, das vom Himmel fällt, noch die Erdbeben, die den Boden aufreißen.

Diese komplexen Zusammenhänge entgehen den Zauberlehrlingen, weil sie überzeugt sind, die paar Mikrometer Realität, über die sie in ihren keimfreien Räumen herrschen, seien das Universum. So mischen sie fröhlich im Namen des Fortschritts (den nur sie selbst und die multinationalen Konzerne sehen können, die ihre Patente darauf anmelden) das Erbgut der Arten, klonen Blumen, Tiere und klammheimlich in irgendeinem obskuren Labor bestimmt auch schon den Menschen (wäre ja im Grunde genommen auch praktisch, eine Kopie von sich selbst zu haben, der man im Fall eines Defekts Ersatzteile entnehmen kann).

Ihre Waffe ist die sanfte Überredung: Sie manipulieren die Gutgläubigkeit der Menschen, indem sie ihnen einreden, dass all diese verheerenden Werke einzig und allein philanthropischen Zwecken dienen: Wie sollten die Milliarden von Armen in der Welt an Nahrung kommen ohne das neue Saatgut, das der Mensch für den Menschen erfunden hat? Ich aber sage, genügte denn nicht das, was der Herr erfunden hat, gibt es nicht schon eine außerordentlich komplexe Vielfalt, die uns zu Gebote steht? Und ist es etwa nicht unsere Unfähigkeit, die Komplexität zu erkennen, die uns dazu treibt, neue Horizonte zu suchen, die in Wirklichkeit Todeshorizonte sind?

Wenn der Mensch von einer Welt ohne Schmerz, ohne Unvollkommenheit für den Menschen träumt, entrollt er in Wirklichkeit schon die Drahtzäune, teilt die Welt ein in Richtige und Falsche, wobei Letztere kaum mehr sind als ein Ballast, den man unterwegs loswerden muss.

Natürlich halte ich es mit Madame Curie – die Aufgabe des Menschen *ist*, den Menschen zu kurieren –, doch wenn die Kur zum Allmachtswahn wird, wenn sie sich mit dem Kampf um milliardenschwere Patente vermischt, dann hat sie nichts mehr mit dem gerechten Streben des Menschen gemein. Anstatt den großen Versprechen der Wissenschaft zu applaudieren, müsste man den Mut aufbringen, eine Frage zu stellen und die Unbeliebtheit Jeremias in Kauf zu nehmen: Was wird ohne Krankheit, ohne Zerbrechlichkeit, ohne Ungewissheit aus dem Menschen? Und in was verwandelt sich sein Nächster? Sind wir stets verbesserungsfähige Maschinen oder unruhige Geschöpfe im Exil? Liegt unser Sinn letztlich in der Allmacht oder darin, die Unsicherheit anzunehmen? Aus der Unsicherheit erwachsen Fragen; aus den Fragen kann sich ein Gefühl von Geheimnis, von Staunen entwickeln, was aber können Gewissheit und Allmacht hervorbringen?

Wollen sie den Menschen etwa nicht in einen alles fressenden, ewig unzufriedenen Konsumenten verwandeln? Ich kaufe, also bin ich: Das ist der Horizont, auf den wir alle – fügsam wie Schafe – zusteuern, nur dass unser Ziel nicht der Stall, sondern der Abgrund ist; stets lauert der Götzendienst im Herzen des Menschen.

Unvorstellbare Katastrophen erwarten uns an der nächsten Ecke. Wie kann man daran denken, am Herzen des Atoms zu rühren, die DNS zu manipulieren und noch viel mehr? Während alle mit Kopfhörern auf den Ohren und geschlossenen Augen in künstlicher Ekstase tanzen, sehe ich jeden Tag den Feuerschein des Endes näher rücken.«

Ein Wiedehopf hüpfte mit schwankendem Schopf vor uns her.

»Kann man gar nichts tun?«, fragte ich.

Miriam wandte sich zu mir um, blickte mich lange schweigend an – aus welcher Tiefe kam das Licht ihrer Augen? – und sagte dann: »Natürlich, man müsste bereuen, Herz und Verstand Seinem Wort öffnen. Die Götter verjagen, die schon zu lange in unserem Herzen tafeln. Statt dem Gesetz des Ego müsste man dem Gesetz des Bundes folgen.«

»Ist ein Gesetz denn kein Käfig?«

»O nein«, lächelte sie, »das Gesetz ist der einzige Weg, auf dem die Liebe wachsen kann …«

Ein Miauen hatte meine Erinnerungen unterbrochen: Durch die Tür der Kapelle spazierte eine klapperdürre Katze mit bleistiftdünnem Schwanz herein, und als ich sie lockte, begann sie zu schnurren und ließ sich verzückt unterm Kinn kraulen.

Draußen hatte die Sonne den Zenit überschritten, die Luft in der Kapelle war drückend heiß. Bevor ich aufbrach, strich ich zart über den Stein, in den dein Name eingraviert war, dann über den von Mama mit den zwei Daten – die kurze Zeit ihres Lebens.

Eine Weile folgte mir die Katze noch Richtung Ausgang, dann verschwand sie hinter einem Grabstein. Die einzigen Blumen, die noch aufrecht in den Vasen standen, waren die aus Plastik, alle anderen hingen vor Hitze schlaff herunter; rund um die Wasserhähne drängten sich Dutzende von Wespen und machten einander wütend den Platz streitig in der Hoffnung auf einen Tropfen.

Bevor ich den Friedhof verließ, wandte ich mich ein letztes Mal um und betrachtete seine Höhen (die auch den jüdischen und den osmanischen Friedhof beherbergten): Du, meine Mutter, mein Vater – ihr alle lagt dort, während sich vor mir der unbekannte Raum des Lebens auftat; im Guten wie im Bösen hattet ihr mich viel gelehrt: In gewisser Weise bildeten eure Fehler meinen Reichtum.

Zu Hause angekommen, putzte ich weiter.

Ich öffnete alle Fenster, um den muffigen Geruch zu vertreiben, ungehindert strömte das Sonnenlicht in die halbdunklen Räume. Ich ging in dein Zimmer, um frische Bettwäsche zu holen. Die Ordnung im Wäscheschrank war mustergültig, wer weiß, warum die Raserei deiner Krankheit ihn verschont hatte. Hier und dort lagen noch Lavendelsäckchen, die ich dich so oft mit großer Geschicklichkeit hatte nähen sehen. Als ich den Arm ausstreckte, um die Leinenlaken deiner Aussteuer, die mit eingesticktem Monogramm, herauszunehmen, sah ich ein großes gelbes Kuvert obenauf liegen. *Für dich* hattest du mit unsicherer Hand daraufgeschrieben.

Ich hatte es noch nie gesehen: Seit wann lag es da? Schon vor deiner Krankheit, oder vielleicht seit der Zeit, da deine Gesten auch aus dir selbst unerfindlichen Gründen auf der Hälfte plötzlich eine andere Richtung einschlugen? Ich öffnete es und sah, dass es ein dickes Heft mit geblümtem Umschlag enthielt. In dem Augenblick fühlte ich mich außerstande, mich auf das, was darin stehen mochte, einzulassen, deshalb deponierte ich das Kuvert auf dem Küchentisch und fuhr fort, bis spät in den Nachmittag zu putzen.

Zwei wichtige Entscheidungen traf ich an diesem Tag, während ich schwungvoll arbeitete. Erstens würde ich am nächsten Tag ins Tierheim gehen und mir wieder einen Hund aussuchen, da ich den leeren Garten nicht ertrug; und zweitens würde ich meine Zukunft in die Hand nehmen, mich im Herbst an der Universität einschreiben und Forstwissenschaft studieren, da ich endlich begriffen hatte, was ich für den Rest meiner Tage tun wollte: mich mit Bäumen beschäftigen.

Als die Hitze allmählich nachließ, begann ich den Garten zu bewässern. Die Rose war fast verblüht, schien aber nicht zu sehr unter meiner Abwesenheit gelitten zu haben, während die Hortensien recht mitgenommen aussahen: Ich goss sie ausgiebig und richtete den Wasserstrahl ab und zu in die Luft, um zu sehen, wie er sich in einen golden schimmernden Sprühregen verwandelte.

Zuletzt nahm ich einen Liegestuhl und setzte mich, mit deinem Heft in der einen und einer Orange in der anderen Hand, in die Mitte des Rasens.

Auf der ersten Seite stand oben links *Opicina, 16. November.*

Die Schrift war deine, ordentlich und gleichmäßig, wie ich sie seit jeher kannte.

Du bist vor zwei Monaten abgereist, las ich, *und seit zwei Monaten habe ich, abgesehen von einer Postkarte, auf der du mir mitteilst, dass du noch lebst, keine Nachricht von dir …*

Inhalt